Canon 14

總統內戰

李登輝為何被陳水扁擊敗？

周玉蔻・著

目次

序 007
前言：騙子自首記 013
埋葬一本書 022
四種李登輝，只剩下岩里政男 034
「妳被騙了，我們都被他騙了」 040
簽名，不認帳！ 044
阿輝伯，不敢接電話…… 051
誰背叛了台聯？ 058
南羅北謝？李登輝與謝長廷詐術結盟！ 066

「都是蘇A搞算命那一套……」 087
李扁位移？捉鬼卻被鬼捉去！ 096
李登輝權謀學真相：選舉與鈔票！ 103
李登輝領導學真相：變奏的指揮棒 111
李登輝狠詐學真相：是對手太差！ 118
李登輝忍功學真相：苟且偷生與謹慎存活 129
台獨教父，太沉重！ 136
國安秘帳，誰污染了殷宗文的正直？ 152
賴國洲私買台視股票，李登輝明知故縱？ 162
三連任？李登輝曾經心動的美夢？ 172
日本行，預告岩里政男的回歸？ 183
中共剋星？當李總統用岩里政男的眼睛看中國…… 190

何處是家鄉？ 194
結語：兩個矛盾的靈魂——岩里政男的復活vs.李登輝總統的殘缺 208
後記 211
附錄一：揭開民進黨台灣民粹牌奏效的歷史與心理因素迷霧 224
附錄二：日本前首相小泉純一郎親筆書法 238
附錄三：李登輝簽字卻不承認的廣告文宣原始署名文件 239

序

美國國父華盛頓，卸任時，追隨者請他們最尊崇的優秀領導人，留下若干開示警語，給後代子孫永世留傳。

「不了。」

歷史文件顯示，華盛頓先生的回答，是不必了。他接著說，子孫有子孫的主張與福氣，自己的命運由自己主宰，他不能爲後代美國人民越俎代庖，這也不符合美國民主至上的立國原則。他表示，以後的美國人民，政治社會經濟發展的福與禍，由他們用選票選出的政治領導人負責。

華盛頓在美國歷史上的地位，始終屹立不搖。

在日本，二〇〇七年七月三十日上午，執政的自民黨才在前一日的參議院議員改選戰中慘敗，主跑政治路線的日本電視台記者，齊集在國會眾院前，想要請前任首相，現任眾議員小泉純一郎發表評論。

還是沉默不語。

小泉純一郎派出助理向新聞界解釋，不在其位不謀其政，他沒有話說。

事實上，從二〇〇六年底卸下自民黨總裁及內閣首相職務之後，小泉從未對他支持的接任者安倍晉三的施政，提出任何公開評論。

小泉出任首相五年，是日本近十數年來，任期最長，最受民意肯定，也被公認最會鼓舞國民民氣的政治人物。

他爲人處事的座右銘，是「無信不立」。

小泉純一郎還有他的生命美學，就是：政治權位以外，人生還有更多美好事務值得追尋。

安倍首相領導的自民黨選舉，灰頭土臉那日，我在東京；前兩年，小泉推出刺客打解散國會後的眾院選戰，大獲全勝那一日，我也在東京。

彼時，小泉聲望如日中天，他說他還是要依承諾在翌年的二〇〇六年底前，交卸自民黨總裁職位。

一同前去觀摩日本選舉的台灣立委和媒體記者，都懷疑小泉能否依約割捨權位。畢竟，這是全球第二大經濟體的最高政治權力擁有與行使者的位子。

一位日本政治學者，和一位日本大報的資深政治記者，卻對我說，那不是問題。他們相信，小泉篤信無信不立的誠意與實踐的決心。

我爲台灣與日本政治人物對待信字的不同態度，感到唏噓。

二〇〇八年三月二十二日，台灣就要進行第四屆民選總統的選舉了。從李登輝，第一位民選總統，到陳水扁，接連做了八年的台灣政治史上第二位中華民國民選總統，台灣人民對政治人物的信賴感，直線下落。

「這是內戰。」二〇〇六年，台北以倒扁爲號召的紅衫軍竄動，立法院裡罷免總統陳水扁的風暴一波波襲向總統府時，前總統李登輝，曾憂慮不已的形容曾是亞洲四小龍，經濟奇蹟模範生的台灣，正陷在極端不安的內部戰爭當中。

誰將獲勝？

李登輝總統是台灣各界公認的政治精算師，是權力鬥爭高手中的高手。我私下請問李總統這個問題時，多少也是對他精準的判斷力，和他得以掌握外人無法得知的秘密訊息的能耐，充滿信心。

「不急，明年（指二〇〇七年）春天，二、三月時，一切就會明朗化了。」

李先生明白預言了陳水扁總統交出總統職位的時機。

事實的發展，卻完全相反。二〇〇七年中，陳水扁總統不僅仍然穩坐總統寶座，他所屬政黨的下屆總統、副總統大戰候選人謝長廷與蘇貞昌，由他一手配對促成不說，選戰部署、資源調配和政策路線等，都是陳水扁總統一人主控。陳水扁的入聯公投主張，引來美國及中共的撻伐，聲浪越高，支持者反彈護扁的力道更強，阿扁又再度成爲獨派人士最鍾愛的台灣之子。

差不多同時，李登輝總統往訪日本，他接受以日本殖民政府駐台總督後藤新平爲名的頒獎，台灣內部貶多於褒。著名的獨派大老辜寬敏不以爲然，評論說不恰當。

沒多久，台灣兩大黨的總統候選人馬英九、謝長廷，和剛卸職的前行政院長蘇貞，連續分別前去新加坡拜訪李光耀請益。

台北翠山莊與桃園鴻禧山莊，李登輝前總統的宅邸，卻門前車馬稀，不見爭取政壇未來舞台的台灣政治人物前去登門拜會。

李登輝看不起李光耀，是中星兩國政界的公開秘密。最後，不論藍綠，李登輝的後輩，卻都沒把李登輝放在眼裡。

李登輝徹底被打敗了。

二〇〇〇年總統大選之後，被連戰趕出國民黨家門的李登輝，一度被尊爲台灣之父，最後，被台灣之子陳水扁逐出綠營家户。

諷刺的是，在台灣眾多從政人士當中，李登輝最瞧不起的兩個人，正是連戰與陳水扁。他們，在李登輝口中，一個是「阿舍」，一個是「豎仔」。

阿舍和豎仔，卻最了解李登輝權力慾高、耳根子軟及不喜細節，好大喜功等弱點，在關鍵時刻，將李登輝打敗。

這才是內戰，屬於總統的內戰。

這本書，以作者的近身觀察，實際經驗；密集資料搜集比對，和相關人士的訪談詢問爲經緯，剖析解讀李登輝前總統被陳水扁總統擊敗的內幕。目的，除了眞相，還是眞相。

前言：騙子自首記

騙局沒有盡頭；就像愛情沒有盡頭，時間沒有終點一樣。

質感很高的一位英國作家，被尊稱爲當代最偉大的小說家格雷安．葛林先生，寫過書名爲《愛情的盡頭》的小說，還拍成了電影。

我讀了書；好幾遍。

看了電影；也是好幾遍。

最終，盡頭，變成了起點。起始之後，又來到終點。

愛情的玄妙、迷人，和世代不移、輪迴魔魂一般，牽絆糾纏每一個有生命感的人類，我想，就在於永恆的愛情沒有盡頭；而，永恆的愛情，卻不存在。

因爲，一存在，那就不叫愛情了。愛情會昇華。

愛情的盡頭，就像政治騙局的盡頭一樣，似有似無。到達終點，強弩之末，元氣盡消，卻又不死！另一個起點，跟著在招手。

所以，眞相，永遠沒有揭曉的一日。只不過，騙局中的主角、配角、龍套及小丑，還有臨時演員等，上台、下台坐旋轉盤。他們，不僅變換，互鬥相殺，還前仆後繼。

當然，每一時刻，每一場景，都有導演。選舉中，導演，表面上是選民；骨子裡，是選舉操盤手。

我自大學畢業起投身新聞界，風雲際會，從一個主跑藝文、教育路線的廣播基層記者，一路走來，到報社採訪主任，到政治暢銷書作家，廣播談話節目主持人，最後，竟然成了名嘴。

更最後，我成了被政黨提名，選舉投票日前遭開除黨籍的台北市長候選人。

而且，初次參選，一本正經，全心投入，卻敬陪末座，成爲笑柄。

我試著用不同的態度看待自己。

悲情。

憤怒。

幽默。

自嘲。

或者，純粹的旁觀者，抽離自我？

王爾德說得好，「人沒有經歷困難，怎能更了解自己？」

將近一年，我多了解了自己，了解了周遭的種種。我回到了我的最愛，寫作。

有人說，寫作是一種澄清，一次治療。

也有人懷疑，寫作是報復。

當我決定要爲自己與政治和政治人物的多重關係，以文字方式做紀錄，出書，一本接一本，爲關鍵的二〇〇八台灣人民大抉擇，提供資料做觀察比對的參考時，第一個出言無情反對的，是我的先生。

他說：「妳還有票房嗎？」

誰要買一個失敗者的作品，這是他沒說出來的話。

我爲此，掉下了眼淚。卻也佩服他冒犯我的勇氣。

好久，提不起精神再想寫書的計劃。

直到我看到紀蔚然先生的散文集當中談政治的片段。

在《終於直起來》這本書〈以言廢人〉一文中，他寫道：「政治傷身敗神，引人入黑洞，一去無回。」

我警覺到，再不想辦法超越，自己眞的將要一去無回。

於是，我決定重新探索這一場又一場沒有盡頭的政治騙局。

說是「騙局的盡頭」，是我的自以爲清高吧。對我來講，騙局的盡頭，是交代事實，是自救的開始。政治騙局的盡頭，或許也是咒罵、對立與仇怨，甚至憎恨的起點。特別是在台灣，有些人，等在那裡受騙，甘之如飴。

我管不了那麼多了。

爲什麼說騙子自首呢？自從一九八八年一月十三日蔣經國先生去世，台灣政治進入一遍又一遍的震動變化與爭吵競逐以來，至少近二十年，我都是一個全職的媒體工作者。其中，不論寫書、主持廣播、電視節目，或者自身參選，我都遵奉誠實爲最佳政策的格言，以坦白做爲最高原則處理所有事務。

我的意思是，就算現今我發現我錯了，寫錯了，講錯了，或者做錯了，但在那時刻的當下，我是信以爲眞的，誠誠懇懇的傳達我搜集到的訊息，或感知到的心得。

有趣的是，經過一番整理與回顧，我竟然也發現，當我說的是百分之一百的眞相時，相信我的人，反而不如我彼時信以爲眞，後來證明非眞實的眞假相。

比如說，我寫的《李登輝的一千天》一書當中的李登輝，權位不穩但理想性濃、樂於傾聽，以民自居。十幾年下來，現在看他，也不過和許多政客一樣，初即位時的謙卑、警覺與平民至上，在權力春藥的滲透下，終於不能知所進退，留給史家無法大割大捨的戀棧罵名。

總的看來，一九八八年一月出任元首到兩度選舉獲勝，到下台又再起，這十餘年以來，李總統除了堅持總統民選，爲台灣人出頭天的政黨輪替，開闢一條台灣人民驚喜的本土深化之路以外，他的政治改革、憲政改革，以及兩岸突破等作爲與構思，因爲個人權力慾過強，私人考量太深，加上過度強化權謀騙術，捨正派、制度內光明手法不用，喜好旁門左道、模糊灰色地帶，終致黑金盛行；政府體制殘破困頓、政務空轉；社會價值錯亂；政治人物道德感普遍下落；媒體受政治金錢力量牽制更烈。

陳水扁總統接任執政重責後，朝野惡鬥，起源於李總統主導當年修憲，量身爲接班人連戰訂做的私心自用。之後，政局混亂、族群撕裂，經濟運轉停滯，更傷害了台灣社會的互信、互容、互重，以及未來感的希盼。

李總統雖是在野之身，卻以政壇教父及台聯精神領袖之尊，插手政治極深，他選擇食言、退而不休，就必須爲今日台灣的不幸負起責任。

十六年前《李登輝的一千天》出版時，許多台灣人民以台灣精神，台灣出頭天，台灣之子、之父紀實的描述看待該書。然而，二〇〇六年台北市長競選期間，我多次提出民進黨候選人謝長廷說謊不實，不正大光明，人格特質不磊落的舉證，卻被同一批曾經讚美我撰寫《李登輝的一千天》的讀者，指控而爲「中國媽」；甚至於「藍營派來的臥底」等等。

我外省第二代的背景，被綠營政客以不是自己人放謠言攻擊時，提倡新時代台灣人之說，口口聲聲希望族群融和的李登輝總統，並未在關鍵時刻伸出援手。《李登輝的一千天》出版後，雖是暢銷書，我的家人親友，即使親密的父親，也不以爲榮。

幾年後，我爲台灣主體意識講話，我的同爲外省背景的老友，輕聲的，卻刺刀一樣，刺進了我找不到藥劑療傷的心坎。他說：「看看妳那張臉孔，妳背叛了妳的血統。」身分認同分裂？是我，還是這位也是外省第二代的朋友？

直到我看到薩依德寫他一個巴勒斯坦人，走紅於美國學術界，未能忘懷青年時期，在埃及讀美國學校，連語言的使用，英語和阿拉伯語，都深感分裂的痛苦。已病逝的薩依德教授，得知患了血癌重症後，完成一本傳記書，書名《*Out of Place*》，找不到家的歸屬，又四海爲家的酸甜苦辣。中文譯名《鄉關何處》。

薩依德的根在阿拉伯國家，卻在力爭上游、富商背景的父親要求下，將母語阿拉伯語視爲次等語言，以說英、美語爲貴。

他的生平，與我的父母，我在市場公園遇到的歐巴桑、歐吉桑，以及李登輝——好幾個頭銜、好幾種魂魄代表的李登輝，極爲相似。皆是亂世裡大小悲喜劇的大小主角。

比較起來，我很幸運。台灣基隆出生，我就是台灣人，有著不能分割的華人同種、同文淵源的台灣人。我理解到我父母的大遷移、大逃難，是盡頭；也是起點。

失去的，就是獲得。

當很多本省人，也就是一九四九年以前來到台灣的台灣人，記憶著國民黨統治時代禁止說台語，將台灣本地人語言降格的精神性刑罰，以及懷恨他們口中優越感極強的若干外省人時，我告訴他們，那只是一小部分。小小一部分權貴既得利益者統治階級外省人；就像本省人中，也有假貴族，仗勢欺負自己同胞一樣，是人性惡質面的現實。

我試圖向我的本省好友解釋，外省人裡多半是平民小百姓，都同樣是統治者禁錮的政治工具。

在這些淳樸，願意聽我訴說解釋的基層人民眼裡，我卻驚愕的看見，曾幾何時，我們周遭，包括自己，都成爲了政治工具。

這就是，我騙子自首的來源。

騙與被騙，一體兩面？我只想將事實說清楚。在我小小的寫作生涯中，我有責任，確認事實更明確的時刻，書寫一本更能理解李登輝先生的書。畢竟，我出版過一本《李登輝的一千天》。

我媒體專業工作的精華時光，和李登輝先生執政掌權期相重疊。而我，意外投入的一場用心參與的選戰，不是李登輝先生，不可能成眞。我不能讓《李登輝的一千天》成爲我看待李先生的唯一紀錄。後代、世人，對李老先生已漸失去興趣的台灣人，或許毫不在意。我介意，我想維持讀書人的一口正氣。

我也可以不這樣做的。可惜，我的基因不容許我默然。

首先，我以曾經出版傳達或主張敘述過，我以爲是眞，如今證實不眞的感覺或者情境，爲憾。

依照大法官會議釋字第五〇九號解釋，信以爲眞而做公開傳述或者評論者，不構成罪行。我知道，在法律上，我沒有牢獄的問題。

可是，心牢。我逃不了心牢。

於是，騙局的盡頭，是我說出我所知道的政治事件的眞相、政治人物的眞面目；「自我救贖」的第一步（原諒我用了這幾個我曾經很瞧不起的字眼）。

我無意批判定罪某些人。

我卻也理解到，他們的一舉一動，和台灣人民的福與禍，樂與悲，依然息息相關。

我應該竭盡一己之所能，阻止謊言假象繼續欺騙台灣的民眾。

即使，「傷身敗神」。

又怎樣呢？依照紀蔚然教授的說法，我再不想辦法，就非得「一去無回」了。

既然如此，還是坦坦蕩蕩吧。

騙子自首，就從我這個小角色開始。

埋葬一本書

十六年前，我出版了生平的第二本書，書名《李登輝的一千天》。前一本，書名《蔣經國與章亞若》。這本書，被公認爲替章亞若，一位與蔣經國生下一對非婚生孿生兒子的女子的身分正常化提供了起步。

一九八八年底，我所服務的《聯合報》，打破禁忌，提供旅費與資源協助，讓我以半年的時間，訪問中國章家親友、文物工作專家，完成資料採訪搜集，揭露這個政壇皆知，民間也普遍流傳，卻在蔣經國去世以前，被新聞媒體自我設限不予追訪的故事的眞實面目。

一九八九年秋，蔣經國先生去世二十個月，《聯合報》以連載方式，在繽紛版上，刊登了由我撰稿的《蔣經國與章亞若》的首篇文章。總編輯還冒大不韙，在報紙一版報頭旁，以醒目的長條字體提要，提醒讀者報紙內文刊登蔣章一文的突破性作爲。

台灣社會，突然注入一股奇異的氣氛。

這是主流報紙上，第一次有人敢將章亞若的名字，公然和蔣經國三個字連在一起。

據說，連載刊出隔一週的國民黨中常會上，《聯合報》創辦人王惕吾先生被軍系出身的中常委質疑，爲何要揭蔣經國總統婚外情的底。報社主編中，有人擔心我的文章可能會無疾而終。

我則每天晚上都要接聽讀者打來的電話。他們的聲音、意見很多元。其中，一位女性，哭著，她的語氣，我至今記憶深刻。「妳這樣寫，破壞了我們對蔣經國的印象，我們以後怎麼辦？」

台灣還是一直穩定向前行。

十五年後，章亞若雙胞胎兒子中的長子章孝嚴改姓了蔣。協助我完成母親生平探索，出力極多的弟弟孝慈，不幸英年早逝，至今我仍遺憾難過。

也有人爲蔣方良女士不平。

「妳難道沒有想過，方良夫人看了文章，會怎麼想？」也是一位女性陌生讀者的來電。

後來，我寫了《蔣方良與蔣經國》這本書。是在《李登輝的一千天》之後。我去了莫斯科，去了西伯利亞山腳邊那座蔣方良結識蔣經國的烏拉爾工廠。那裡，還有一間小小的芬娜與尼古拉（蔣方良與蔣經國的俄文名字）的文物紀念博物館。

二〇〇四年十二月十五日，蔣方良女士去世，留在台灣的，是一位善良、溫婉、愛夫愛子愛家，不顧自我的傳統女性典範。蔣方良也樹立了第一夫人絕未介入政治，絕未捲入貪瀆、濫權爭議的清白紀錄。大部分台灣人，都對她印象極爲良好。

《蔣經國與章亞若》出版後，成爲排行榜上的暢銷書。直到現在，聯經出版社還謹守約定，每一年都寄來一張這本書的版稅支票。

書寫人物，是我的興趣，也是專業訓練。一九八一年，我進入《天下》雜誌任職，有幸參與創業階段的創刊號撰稿工作。第一期的封面故事，由我執筆，台灣經濟發展初期關鍵人物的描述。

《天下》雜誌創辦人之一的殷允芃小姐最常說的一句話，就是「人，寫人」。她提醒我們，人才能引起讀者最高的閱讀興趣。

蔣家時代結束後，台灣的公眾人物中最值得書寫的，非李登輝莫屬。一九九二年中，我決定撰寫這位台灣人總統，上任後與黨內同志不爲人知的政治鬥爭內幕故事。

那年春天，我被服務單位，聯合報系調派至香港，負責協助香港《聯合報》創刊發行事宜。兩個月後，我發現港台媒體文化特質迥異，讀者閱報習慣完全不同。台灣正派辦報的報團，要在鹹濕八卦媒體風至上的當地打天下，十分困難，幾乎是不可能的任務。

《聯合報》的創辦人王惕吾先生在香港《聯合報》以前，即曾與星島日報集團的胡仙女士連手打造報紙，意圖在香港闖地盤，不幸失敗。我擔心，香港《聯合報》會重蹈覆轍，好幾次向長官表達我的憂慮。

可惜，我的吶喊如石沉大海。甚至，有一回，我在電話裡向長官哭泣，這位我非常尊敬的新聞界老兵級前輩，仍然鼓不起勇氣，跟王老先生說實話。

或許是王董事長年事已高，身體又不健朗，他們都不想讓老先生不開心。

一九九五年十二月十六日，香港《聯合報》還是關門了，距離創刊日僅三年半。是香港《蘋果日報》殺價策略下，逼得好幾家香港日報關門潮當中的一家。第二年的三月十一日，老先生往生。

也好，否則眼看又一次在香港敗陣，不曉得會多傷心？

這時，我已經離開聯合報系了。聽到消息，只有嘆息。

說這些，主要是交代一個時空。

總之，在抑鬱寡歡，工作毫無成就感，一人居港，又極端寂寞與孤獨的情緒衝擊下，我設法為自己找出口。

《李登輝的一千天》，就這樣完成了。

這本書，不是李登輝授意，不是李登輝拜託，更不是李登輝收買；而是我主動企劃，主動撰稿，我度過專業生涯低潮的一次自我治療。

為什麼選擇以李登輝為題材？

這跟我的性格也有關。

自小，我就像一個小炸彈一般，經常仗義直言、扶助弱小而自以為俠女。為此，我在基隆女中念初中時，差一點被教官記過。做記者，多少也滿足了我這方面的性格。

李登輝先生一九八四年出任副總統時，我在《聯合報》採訪中心政治組做第一線記者。當年，總統府的新聞不好跑；蔣經國做領導人，誰敢放肆？副元首李登輝，深宮多少幽怨？就算有，誰敢訴說？更何況，李副總統根本是一位沒有聲音的人。

我資淺，主線上的外交也是閒差事。因緣際會吧，轉啊轉的，就成了李登輝新聞線的主跑人。

是他代表蔣經國總統往訪中南美國家，哥斯大黎加、瓜地馬拉、巴拿馬，既無專機也沒什麼值得書寫的新聞報導。據說，三台（無線電視台壟斷時代，中視、台視和華視）新聞也只是蜻蜓點水。

我卻很當一回事。

李副總統的行程，每一項、每一回合，我都跟著看、跟著提問，跟著紀錄。有一次，大部分的隨行記者都去參觀瓜地馬拉古蹟了，我卻和李副總統訪問團一起大清早五點鐘起床，坐飛機到墨西哥邊境看台灣的農耕隊。李登輝的態度認真，每一個細節都不放過，他的問題也很專業。畢竟，是學農經的。

這是我們第一次近距離接觸。

據那時同行的外交部禮賓司司長邱進益先生說，事後，李先生認爲，這位來自《聯合報》的「小女孩」記者，很不錯，工作精神可圈可點。

我沒聽李先生親口說過這些話。但是，那以後，他約我去官邸吃早餐，討論台灣與中國，及外交上各項議題。他身邊的紅人蘇志誠主任對我十分友善，是事實。

從此，我成了報社裡專門負責李登輝新聞的「專家」，一直到我一九九二年底離開聯合報系。中間，我調職出任《聯合晚報》採訪主任，又返回《聯合報》擔任採訪主任，仍然是新聞界少數的所謂李登輝權威。

有人甚至因而傳說我與蘇志誠交好。我覺得好笑，卻從不擔心被爆出緋聞。蘇志誠主任現今篤信佛法，生活單純、遠離是非，道義上，我應當盡量不要在寫作上，扯他麻煩。眞相就是，爲了採訪，除了出國期間，大團隊人馬夜間晤談一次，我與蘇主任單獨會面，從不約在太陽下山後的時刻。我們見面談話的地點，多半在總統府附近的書店附設咖啡館，光明正大，從未踰矩。

現在回想，那個初開放的年代，採訪者與被採訪者之間的專業關係，很純淨，互尊互重。

書市，那時日，也很單純。政治人物的描寫，幾乎空白。

這以前，筆名江南的劉宜良先生撰寫《蔣經國傳》，最後卻喪命於國民黨政府情治單位主導的殺手槍下，還是寒蟬效應的指標。

那時，解嚴初期，蔣經國去世才三年多，國民黨內鬥慘烈，主流派和非主流派打得你死我活，《自立晚報》與《新新聞》雜誌寫了不少秘聞內幕之外，主流報系大多點到爲止。大部分台灣人民依舊渾然不知政壇洶湧不安的黑暗實情。李登輝在非主流人士苦苦相逼惡鬥下，私下說了一句話：「他們就是不讓我做眞正的總統。」

「他們是不放心讓台灣人做實權總統。」解釋這番話的，不僅蘇志誠，也包括大內高手，李登輝愛將與守護神宋楚瑜。

我聽了，很震撼。不平之鳴澎湃於心。

我決定寫李登輝，要讓眞相不被掩蓋與扭曲；我也認爲正義應該彰顯。

直到今天，我還是相信，不讓李登輝做實權總統，是當時包括郝柏村、李煥、蔣緯國等人的眞實行爲，是不民主，不道義，自私攬權，小看台灣人民智慧，不顧台灣整體幸福權益的作爲。

郝柏村與李煥兩位先生始終不肯正面承認，他們曾私下集結，勸說以林洋港爲總統候選人，挑戰一九九〇年李登輝與李元簇的國民黨內雙李總統、副總統候選人搭檔的計劃。

性格豪邁的已故蔣緯國將軍不一樣。他在《千山獨行》這本自傳書中，就坦白向作者汪士淳述說了那時候郝、李兩位找他聯手與李登輝抗衡的往事。蔣緯國親口透露的眞相，也解了一個政壇好久未能獲得正確答案的謎。

那就是一九九〇年二月十一日，國民黨臨時中全會推出總統、副總統黨內提名人時，郝柏村和李煥等人準備向李登輝攤牌的正、副總統票選挑戰者，不是傳言中的林洋港加蔣緯國的林蔣配，而是林陳配。陳，指的是陳誠先生的公子陳履安。

蔣緯國說，後來二月十一日以票選逼退李登輝的計劃破功後，非主流派想在國大選舉的體制內選戰中再戰，明瞭蔣緯國蔣家人的地位，比較容易爭取到老國代的選票，才捨林陳配，改推林蔣配向李登輝宣戰。

林蔣配的實力敵不過行政資源在握的雙李配，最終還是在李登輝總統以主席身分，在國民黨中常會上發表一番止戈求和的形式性談話後息止。那天，距離一九九〇年二月政變，僅一個月。

從民主面看，當年李登輝未顧及黨內重要人士意見，堅持選任李元簇先生任副手，雖是總統候選人之權利，總是留有被評論的空間。

只不過，發動非主流政爭的郝、李等人，不願坦承這段往事，遮遮掩掩像是刻意要讓歷史埋在煙灰裡，令我不解。

蔣緯國先生生前的坦白，證實了《李登輝的一千天》的敘述爲眞實。也映照這本書，寫的是一位台灣本土總統的心酸血淚政治鬥爭實錄。

既然如此，爲何如今要埋葬這本書?

我要抹除的，是後來很多人，不論有意無意演繹出來的價值：偉大的救星、萬能的國父、民主之神李登輝。

我要嘗試否定的，是那種氛圍、假象。

那絕非我的本意。

事實上，李登輝先生既不是民主之父，也非救星。時勢造英雄，他和陳水扁一樣，是辛苦的台灣人民追求民主、尊嚴與自我的代理人，是工具而已。我知道，那時節，不少人買了《李登輝的一千天》送人，原因，正是如此。

民進黨美麗島系大老張俊宏先生曾跟我說，他訂購兩百本給支持者，「讓他們了解國民黨保守非主流派，如何欺負一位台灣人總統。」

去年我參加選舉，台聯募款餐會上，一位年約七十的建築業董事長，當著李先生的面，對我說，「很早就是妳的讀者了，李先生那本書，我買了一百本送給朋友。」

今年四月，我赴歐洲訪問，在法國觀摩他們兩輪制、投票率超高的總統大選；之後轉赴維也納，看百年古城的市政建設。

「周小姐，你的《李登輝的一千天》那本書，我買了好幾本，送給同事友人。」一位自稱深綠的台灣同胞，找到適當時機，很眞誠的對我說了這句話。

「現在呢?看現在的李登輝，你還認爲那本書値得看，値得送人嗎?」我壓不住坦白的本性，淡淡笑笑，反問這位年約四十七、八歲，面容忠厚的中年台灣查甫人。

他楞了楞。

「那是台灣人意識得到肯定突顯的一本書。」他的回話很台灣。

我承認；也很慚愧。

《李登輝的一千天》，不只是在寫第一位台灣本地出生的總統，遭遇既得利益者反撲困頓抗爭的故事，而是反映、喚醒了台灣人被壓迫的集體歷史記憶與共鳴。

這本書成爲暢銷書，是不少台灣人血淚辛酸付出的結果。可惜，不少國民黨世襲權貴，至今仍不能理解他們統治之下台灣民眾這樣的底層鬱悶。

如果不是這幾年來，我認眞花時間與支持綠營的台灣民眾接近；如果不是我在藍綠對抗的零和戰役中，不怕死的走向綠營選民集結的大本營與他們對話，我恐怕也無法領會此書背後的深層意涵。

然而，這些悲苦與不平，都該告一段落了。

以台灣人執政爲標舉的民進黨政府，已連續兩次獲得總統大選的勝利。爭取台灣人出頭天，已經不再是台灣人集體的憤怒與悲哀。相反的，民進黨執政成果不佳，卻成了台灣人難以啓齒的羞辱。

快二十年，當時那位被《美國新聞週刊》雜誌稱爲首位「本土之子」（The Son of Natives）總統，四面楚歌、備受權鬥艱辛之苦的李登輝，已是飽啖榮華富貴、享用人民資源於一身的前任總統。他對台灣的民主是有貢獻，但也有未能負起的責任，以及尙未面對的裁判。

李先生的年紀大了，但是他沒有選擇退休。

當他擔任精神領袖的台聯，尚未放棄以他為號召，訴求選民贏取政治影響力；當他仍然每月享有台灣人民納稅血汗金提供的禮遇，過著權貴者生活時，接受檢驗，是必要；也是公道。

而且，我雖是小人物，我也有要向歷史負責的正直。我不能讓後世只看到《李登輝的一千天》；只看到四分之一的李登輝；只留下一個不完整的李登輝印象。依照計算，李總統當政，前後十二年，一共四千五百天。

我以這樣的原則埋葬那本名為《李登輝的一千天》的舊作；以相同的自我要求，撰寫另一本以李登輝為主角的新書。

請別怪我寫的兩人不同，這，不是我的錯。早就有人評論，李登輝白晝、黑夜不一樣。

我寫的是眞相。當年如此，現在，亦復如此。

四種李登輝，只剩下岩里政男

我是以記者身分認識李登輝副總統的。那時，他的博士級教授人格特質十分突出，一點也看不出政客的氣息。

一九八五年底，菲律賓的總統馬可仕，不仁不德，正瀕臨總統大選做假被識破，遭人民力量趕下台，逃亡國外的邊緣。美國國會也將注意力投置在台灣島的政治情勢上。「戒嚴法就是戒嚴法，就像玫瑰就是玫瑰一樣」，知名的猶太裔美國眾院議員索拉茲在訪台記者會上，回覆台灣官方解說「戒嚴法備而不用，不是惡法」時，一直重複這一句話。

索拉茲拉下貪腐的馬可仕有功，台灣的黨外人士，對他推崇蔣家專權統治寄以厚望。他的玫瑰與戒嚴法的比喻，許多人聽不太懂，但是，那時亞洲國家興起的民主新氣象，確實生意盎然。台灣之春，近在眼前的可能性，讓主跑外交部新聞備感窒息的我，充滿期待。

李副總統代表總統蔣經國出訪中南洲邦交國家，他的作風，和外交部的部長、太上部長截然不同。我深受感動。至今，依舊記得他前往訪問瓜地馬拉與墨西哥邊境的我國農耕隊時，像大學學堂教授一樣，耐心極高、興味十足的一個問題接一個問題的提出。

最後，他還環視了跟著一起深入瓜、墨邊界的訪問團員，花了十五分鐘，李登輝副總統提出農耕隊提高收成率的建議。口沫橫飛、認眞投入、滿面熱誠，我很高興在新聞專業工作領域裡，可以增加這位不一樣的採訪對象。

之後，副總統、總統；主席、三軍統帥到強人領袖、謀略家、政治鬥爭高手、操弄媒體金手指，以及退而不休的台灣之父、台獨教父。

從李教授到李總統到阿輝伯，到最後，他在日本，接受了一個後藤新平獎。當他用流利的日語，公開批評亞洲其他政治人物，「爲個人也爲妻子利益而貪婪」，而他自己「兩袖清風」時，我嘆息了。

我看到了那位，我一直非常好奇，卻無緣認識的日本青年岩里政男。

大學時自殖民之地台灣，負笈遠往日本宗主國的京都。在京都帝國大學，農學院農業經濟系，一位身材高大，勤懇讀書的年輕人。爲了融入日本社會，接受日本母國的呼喚，他正式使用岩里政男這個宣示日本人民的名字。他的哥哥，岩里武則，漢文名李登欽。

李登輝，岩里政男出生前，後藤新平受日本政府派遣來台灣擔任總督。依照現在政治正確的說法，後藤是日本派駐在台灣的省長，或者行政長官。

後藤在台灣，治理用心。但他主導台灣毒品鴉片專賣合法化，危害台灣人的健康，是不滅的罪惡；恥感級的罪惡。

李登輝以獲頒後藤獎爲榮，引來台灣政壇藍綠人士相當一致的反感。直言不諱的綠營大老辜寬敏先生，公開批評李登輝「不必，也不適合受獎」。

報紙的讀者投書民意論壇意見中，台灣意識很高的作者，也不認同李登輝的作爲。李登輝卻渾然不覺於國人的批判。

他是岩里政男。日本國籍的岩里政男，可以不必承受李總統的責難？

這種心理潛在層次的認知，不難理解。

人的內在、靈魂，隨著時光的流轉，是有變化的，「今日之我挑戰昨日之我」；「我是不是我的我」。這都是李先生的座右銘。

李登輝的一生，很像一齣奇幻劇。與他同年出生的已故日本作家司馬遼太郎，在《台灣紀行》一書中，形容李登輝總統的際遇，用的是「奇異命運」，漢文「數奇」的字眼。

李登輝的時代，他的國籍、背景，他的天時地利人和，與天不時、地不利、人不和，都前無古人、後無來者。我在他的身上，看到四種公眾人物李登輝魂魄的流轉。

最初的李教授，已十分遙遠；那位李登輝博士，早被政治權力洪流改頭換面。

李總統，被失去政權的國民黨驅逐家戶、掃地出門了。

阿輝伯，獨派領袖的位子，被陳水扁位移了；阿輝伯的台灣迷，離他而去了。

二〇〇七年五月底，四種李登輝，只剩下一個岩里政男，日本還有若干登輝桑迷。

岩里政男，一九四五年以前，一位日本殖民政府統治之下的日本國台灣人。

岩里政男，二十二歲，被自稱「從小就相當機警，總在思索著如何收斂自己」，謹慎偷生的李登輝，送入記憶庫。

而今，二〇〇七年，阿輝伯的魅力遭肢解之後，岩里政男回來了。

李登輝權傾一時，萬人之上時期，猶如台灣的上帝。長達十二年，他不可一世。「李總統」三個字幾乎成爲專有名詞。

李主席，只不過是他的龍套。李牧師，是他的面具。

二〇〇〇年三月總統大選連蕭配敗北，國民黨倒台後，李主席被判死刑。李登輝用阿輝伯的外衣，保住了李總統的舞台。

國民黨連戰幫開除他的黨籍，卻無法趕走驅散他在台灣政壇揮動指揮棒的魔力。二〇〇〇年到二〇〇六年初，阿輝伯曾經在陳水扁連任之戰時，被推上了太上教父的台灣國父尊位。

倒扁，二〇〇六年施明德深以爲傲的紅衫軍運動，未能拉下陳水扁，卻拉鬆了馬英九，拉垮了阿輝伯。二〇〇七年二月二十八日晚上，台北市的一場官方二二八紀念活動上，台灣綠營支持者，以噓聲將阿輝伯送返歷史回收站。

李總統也已經只是雲煙往昔了。

差不多同時，《自由時報》說，獨派領袖位子，紅衫軍之後，「扁李位移」。寫這篇特稿的，是撰寫《李登輝執政告白實錄》一書，書中對李前總統極端正面推崇的鄒景雯小姐。

再隔數週，二〇〇七年三月下旬，三立新聞台，深綠支持者朝聖膜拜的電視新聞頻道，政治立場鮮明的談話節目「大話新聞」，以「賴國洲私買台視股票，罵扁黑金的阿輝伯不講話」爲標題，私設電視刑堂判了阿輝伯死刑。

李教授、李總統與阿輝伯的時代，皆已成爲過去。李登輝似有認知。二〇〇七年五月底、六月初，一趟日本東京之旅，他找回了年輕時期的岩里政男，一位日本殖民統治時代，台灣出生、日本國籍的日本台灣人。

我看這位岩里政男先生，既陌生，又熟悉。

年邁的身體，花白的華髮，中氣十足，椎骨筆直，二十二歲以前，他的名字，靈魂與身體，都叫岩里政男。

這一趟似是向上帝討回青春的日本紀行，難道是李登輝先生的靈體洗滌，時光回溯的旅程？

我雖然感慨，卻也欣喜。至少，李登輝先生減低了後世歷史研究者的困難。

李登輝用行動，爲自己提供了蓋棺論定前的重要參考資料。他也爲我在這本書裡紀錄的種種，提供了最佳佐證。

「妳被騙了，我們都被他騙了」

是《壹週刊》出版日的傍晚。封面上，斗大的標題，說李登輝受訪，表明放棄追求台灣獨立了。一位嘉義的太太來電。她姓蕭，大概有六十幾歲，以前也跟我通過電話，撥的是我的手機。

「周小姐，妳好嗎？」語調有些悶，心情不是很好的感覺。

聲音不是熟朋友。我有些遲疑，不知該如何回答。停了一會兒，決定禮貌以對。表明我很好。

「妳被李登輝騙了啦！」蕭女士沒有讓我插話的意思。接著，她數落了李老先生出現在週刊上的訪談。好幾次，她叫我要振作，不要灰心，「妳要站起來啊！」

她的話，打在我的心頭。

「我們都被他騙了啦！」最後，蕭女士還是叮嚀我要馬上站起來。騙的是什麼？我沒問。蕭女士的說法，應該和隔了一週後，約我午餐敘舊的一位唱片行女老闆一樣，對於李登輝總統享受台獨教父尊號七年多，在國民黨倒台，民進黨執政這段時間，依舊備受台灣人民榮寵愛戴，卻突然來個大轉彎，污名化了她們心目中的台灣人出頭天、台灣人不應再被壓迫的獨立信念。

這家唱片公司，是國內音樂製作者中的佼佼者。三十餘年來，致力於本土音樂的推展，國際市場也頗有績效。我與夫妻創業者中的太太結識，主要還是佩服他們的堅持與毅力。擔任總經理的老闆娘約我見面，說的也是要替我「打氣」。

那是初春，三月十三日，台北東區東興街上一家海鮮餐廳。

才一坐定，她就提到了十三天前的二二八紀念活動。「別提李老先生了。」總經理年逾六十，風姿依然優雅，講起話來慢條斯理，經常是我搶著說台語，她卻始終以混著日語腔的北京話和我聊天。

這日，講起前總統李登輝的棄獨說，她回憶剛舉辦過的二二八活動那日，現場民眾見到老先生，噓聲四起的景象。

「他已經不受尊敬了。」

我沒有多評論什麼。棄獨說這個部分，很早就從李先生口中聽到了，不詫異。特別是二〇〇六年台灣政局超級混亂，民間紅衫軍運動，一片紅海嚇人，在野黨提罷免總統案，及民進黨內倒扁聲不斷，李前總統形容，這是「內戰」。在指導台聯內部北高選戰策略時，他重複說了好幾遍，不要再談統獨意識型態了。

不過，為了擔心選民及深綠支持者反彈，當時的台聯主席蘇進強先生，告誡台聯人公開不談統獨，但也別說不談獨立主張了。

「我早就向老先生提議過，他還一直不肯接受呢。」蘇進強私下曾跟我說這話。言下，頗有感到安慰的意思。

我不方便跟蕭女士與唱片行老闆娘說那麼多。

老實講，李總統深層內心的想法，是有奶才是娘，沒有選票的政黨，講一百次獨立，也沒用。為了拉攏民進黨鐵板選民以外淺綠的選票，他才丟出了這樣的風向球。

何況，李先生的邏輯不是不通。他的意思是，台灣現在已經是主權獨立國家，不需要宣布獨立；現在要做的，是國家正常化，要有效能高的政府，要有正常國家的國際人格，比如國名、憲法等。

只不過，這樣的層次，看在樸實的選民眼裡，反而變成了另外一種欺騙選票的招術。特別是年長的李登輝迷，完全不能接受李登輝先生權力奪取戰中的切割術。

這，與台灣是否已是主權獨立國家，沒有一定的關聯。

對某些記憶著國民黨恐怖統治殘酷畫面的本省老一代人士而言，台灣獨立，或者並不完全是宣布台灣人民共和國，或其他學者政界喜歡稱呼的「法理台獨」。

在他們的心裡，台獨兩個字，代表言論自由空間；代表台灣人出頭天的權利；代表對抗、推翻、拒絕那種可怕往事重現的決心與同讎敵愾。

這也是為什麼李登輝先生掌政十二年，戴著國民黨主席的帽子，仍能維繫住同時代台灣同胞對他的信賴和期許的原因。

如今，一句話，一個訪問，縱然事後相關人士做了許多澄清，許多綠營忠誠支持者，卻決心不再對李先生寄以希望。

我判斷，這些本土意識超強的台灣人民，並不懷疑李登輝先生不愛台灣，或者倒轉變成了叛徒。

他們的反感，來自他的反反覆覆；他們忍受過太多次他的反反覆覆，這一次，他們決定不再忍耐了。

簽名，不認帳！

或許，這是他的自保生存之道。

也或許，這正是他的一貫風格，不對的事向外推。說了某段話，做了某些事，事後不認帳，撇得一乾二淨的實例，過去，出現在李登輝與不少政治人物的互動上。

只是，沒想到，連一個競選廣告文宣，明明在白紙黑字上簽了名，老先生在台聯主席蘇進強向他詢問時，竟一派無辜不承認是他認可的文稿。

甚至，他還誤導蘇進強，讓這位堂堂政黨主席對外暗示，那如假包換的簽名，是政黨提名的候選人我「向李總統騙來的」。

朋友說：「你只是不習慣他們這種標準政客式的行爲而已。」

我是錯愕多於生氣。在我看來，李登輝先生在這件事上，有點像個還沒讀小學的孩子，發現做了不是很受鼓掌歡呼的事，乾脆一口否認，要賴卸責到底。

老先生簽署競選文宣的過程，我的先生在場。

那是二〇〇六年十一月二日上午，我與先生依約前往翠山莊，接受李總統電話中所說的，「相挺到底」。

這時台北市長選舉已進入火熱戰，候選人正式登記結束，我所承受的退選和不要登記等壓力，在木已成舟、既成事實的情況下，也毫無著力點；往前衝，是唯一的目標。

之前新聞報導，我在競選總部成立當天，流淚感謝先生支持的畫面，應該被李總統看到，也或者，他身邊有人提醒，不能將候選人提名又置之不顧。總之，投票日十二月九日前一個月，是十一月一日，記得接近晚間了，我意外接到蘇進強主席電話。

說意外，是前一個月，在多次設法勸退讓我不要登記參選不成後，蘇進強已擺明支持民進黨的提名人謝長廷。他與台聯立委廖本煙還曾在一個週日下午，約了我在台聯中央黨部內談判，要我不要再選下去，我沒有答應。

「我不能讓人民看到的，都是說話不算話的騙子。」說這話時，被他們請去一同談判的先生，也從位子上站了起來。進電梯，下樓，先生看了我一眼，「正氣」，他說他做好了選戰又苦又難堪的準備。

這一日，蘇進強與我連絡，一開始即表明，是李總統的指示，聲調中，有些尷尬的乾澀。

「老先生很關心你，要請你和你先生會面，要爲你打氣。」台聯上下對蘇進強的領導不是沒有批評，但我的理解，對於精神領袖李先生交代的這種事，他不敢不做。

蘇主席要我立即與李先生打電話，再晚，可能老人家要睡覺了。

至今，我的腦際還迴響著老先生正義感十足，宏亮又公道鏗揚的語氣。

「周玉蔻啊！」他先說國語，接著就是台語了。「妳怎樣，明天有空嗎？好！上午十點，我在家裡等妳！好好做，拚下去，我支持妳！」

對我承受的打擊高壓一清二楚的先生，也在一旁，聽到了李登輝鏗鏘有力的話語。我眼看他臉上露出了陽光。

「到底是做過總統的人物啊！」先生知道李先生也約了他一起打氣，嘆了一口開心的氣。

全程談話一個半鐘頭，李總統花了三分之二的時間，分析陳水扁貪腐屬實，即使逃得了三罷的壓力，也過不了明年二、三月。他指的是，二〇〇七年初。

是巧合，李前總統說這番話的第二天傍晚，二〇〇六年十一月三日，陳瑞仁檢察官起訴了陳總統夫人與幕僚。

這天，我的競選團隊安排了李先生親筆簽名的廣告文宣，刊登在翌日《自由時報》頭版下半版上。

斗大的標題，「挺腐化的民進黨，台灣萬劫不復」。很有震撼性。

在翠山莊，我跟李總統說明選舉文宣設計時，並沒意料到，這則廣告與民進黨籍的總統家人遭起訴的時機重疊。

廣告上報，對陳水扁總統殺傷力極大，民進黨人又發動群眾攻勢，李總統被批得臭頭。

他怕了。

晤面那天他家客廳裡，視野極佳，面對一座山頭的翠山莊一樓，我問他對北高選舉的看法。他肯定我的堅持到底是對的，不能和民進黨暗中交易。

我跟他說，第一次代表台聯，我們本來就很難勝選，理念與態度很重要。「如果我退了，外界會以爲我搓湯圓，拿了錢，蘇主席拿了錢，連李總統你都會被質疑。」

他點了點頭。

「好好打拚，這樣做，是正確的，」他說。

但是，地方選舉，不方便站台出面，自己努力啦。他表明了立場。

我表示諒解。那麼，文宣呢？文宣上簽名背書表達支持，應該可以吧？

我拿出了競選幕僚事先準備的文稿，請他過目並簽名。

老先生的眼睛不是很舒服。A4紙的文稿，他拿得很近，讀著。我在一旁唸給他聽。

「講人不好吧？」這是他唯一的意見。

文稿的原文，是「挺謝，本土萬劫不復」。我當場拿出筆，改掉謝字，換成民進黨。

他看了看。把稿子放在腿上，寫下李登輝三個字，及日期：11月2日2006年。

返回競選工作室後，文宣幕僚中，有人對李老先生的膽識、俠義與公道，歡呼讚賞。

後來，竟然變成了蘇主席向記者暗示的，李總統是在不知情下簽名的。據說，是老先生被蘇主席詢問怎麼回事時，他回答：「我莫宰哩，伊叫我簽，我就簽了。」

三天後，台灣教授協會募款餐會，我還與李先生見面，他提都沒提簽名文稿的事。只在先前的電話談話中，主動對我說：「妳登的那則廣告，很重哦。我了解啦，為了選舉嘛。」

那段時間，綠營上電視挺扁的名嘴，經常為護阿扁，貶抑批判對阿扁不假辭色的李總統。這則廣告，在這樣的名嘴之一的金恒煒先生片面的演繹與想像下，成了一次李先生與我連手的打扁陰謀。

金恒煒曾任扁政府的支薪國策顧問，主辦《當代》雜誌做總編輯數十年，我看他是一位有理念的讀書人。

《自由時報》自由廣場版上他那日撰寫的文稿，爲何離譜到自編自寫，我沒問他。他在寫作該文之前之後，沒有跟我連絡，更別提查證簽名廣告的細節了。

這篇文章中，金先生以時間的吻合，分析李總統事前明知曾約談過他的陳瑞仁檢察官，要在十一月三日下午公布起訴陳水扁夫人的全文。李先生配合打扁，要我安排起訴日第二天登廣告批民進黨貪腐，達到倒扁目的。

如果蘇主席說的李總統是在不明白文稿詳細內容下簽的名，金總編這則文章，不就是錯到有失專業了嗎？

李總統或許是眼睛不好，沒讀到金總編文章全文，也或者他被批得體無完膚不是第一次，已無回應能力。反正，李總統辦公室從頭到尾並未反駁金恒煒該文的誣控，蘇進強和台聯方面，據我所知，也沒更正的回應。

未否認金恒煒的文章，老先生不是默認了簽名是確有其事嗎？

也許，當日，他眞的知道陳瑞仁即將起訴陳水扁，我請他簽名背書批民進黨貪腐的稿件，符合打扁原意，釋出之後遭批、烈火灼身，老先生又嚇得縮了回去？

李登輝其何人也？在他的權鬥求生兵法學中，有一條，是「不輕易白紙黑字」。他做總統時，我就聽蘇志誠說過李總統的這一躲避戰禍的烏龜學。去年《自由時報》記者鄒景雯寫作的《李登輝給年輕人的十堂課》一書中，陳述李老先生指導年輕人的座右銘，其中之一，即是不要輕易留下白紙黑字。

簽名何等大事？

明明是親手寫下自己的名字，簽上日期，李總統事後不認帳，是爲了推責、自保，不惜說謊？還是性格儒弱，擔不起民進黨人圍攻的子彈？不論什麼因素，我看不出其中的必要性；但我了解，對他這樣政客個性濃厚的人來講，犧牲像我這樣的角色，是務實，是天經地義。

阿輝伯，不敢接電話……

政治的原始信仰，是服務人民；從政者操控的政治，卻千變萬化、藏污納垢，這也是現代民主社會共知的無奈與現實。

不過，不參與其中，永遠不能眞切體會政客、政黨、私利、野心與貪婪加乘撞擊後的醜惡、無情和不堪。

我很幸運，首次出征，像一位政壇帥哥朋友說的，尚未跑百米，就跳上馬拉松戰場，卻立即親身目睹、經歷了政治的黑暗與殘酷。

我由台聯提名，以台北市長候選人身分參與選舉，初始本就不在爭取當選，我也明白自己初試選舉，知名度夠，辨識度不足，能夠不被打死，已是福氣。

只不過，我必須承認，再怎麼防，也沒防到，最終對我施殺手的，是那個千求萬求我出來做母雞參加台北市長競選的政黨。

那位曾經在電話中感謝我的先生同意我做犧牲打的台聯黨主席蘇進強先生，在一項《時報周刊》的報導中說，「沒有那個屁股，想坐那個位子」，指稱台聯原本要提名李登輝的女兒李安妮代表競逐台北市長，是我搶去的意思。

我沒詢問蘇進強為何、或到底有無說出這番不是事實的話。即使說了，以他的行為模式，也不會坦承。何況，也不重要了。

這倒使我發現，說話不認帳，蘇主席跟李老先生很像。

認識我的朋友，大都認為我雖缺點不少，誠實坦率卻是長時間以來不變的特色。有一次，台聯黨內召開選舉會議，被李登輝總統邀來擔綱文宣的北社秘書長楊文嘉，公開說，我的誠實，像是在一間黑暗無比的房間裡，突然打開一盞超亮的探照燈，會讓人突感刺眼不舒適，「但無傷，而且真實」。

我不是很同意楊文嘉的形容，但接受；至少，誠實是我一貫的堅持，敵友皆知。也是因為誠實，忠於承諾，不和稀泥，選戰後期因我不肯配合民進黨候選人謝長廷的三條件退選，及台聯撤回三罷陳水扁總統的立場，在二〇〇六年十一月七日，經過台聯所謂的中執會通過，台聯將我開除黨籍。

認眞說，對一個受領人民納稅金資助的堂堂政黨，這種戰士在外打選仗，卻將候選人一頭砍死的做法，不能不說是匪夷所思。

表面上，台聯那些硬要把我除掉的人，不敢說是爲了挺遭檢察官懷疑清白的陳水扁總統。他們付之文字的理由是批評同志。我公開舉行記者會，質疑那些替謝長廷講話的台聯黨提名台北市議員候選人，「誰拿了謝的好處」，因而要開除我的黨籍。

敢做不敢當，政客的慣性，我不想再追究。當選台北市議員的台聯人自己心裡有數。台北市的選民，也絕非笨蛋。

關於台聯裡，有沒有人拿了民進黨或民進黨政治人物好處的事，二〇〇六年九月十六日，台灣社發動挺扁大遊行，老先生阻止台聯的公職人員及北高選戰候選人前去，親自打電話給黃適卓、廖本煙等人，我還很感動。

那日前一天下午，台聯高雄市長候選人羅志明主動跟我通電話，提醒我趕緊致電李總統，請老先生下令黨中央制止台聯人被拉去挺扁。

「那就完了！」羅志明講得很嚴重。我依照他的建議跟李總統連繫，他問我對台灣社辦遊行的意見。

我說：「總統，我們要站在清廉這一邊。」我講的是台語。電話那一頭，老先生說：「對啊！」他的回話，堅定中有安慰。

民進黨和阿扁的攻勢，卻很讓人觸目驚心。李老先生打了一輪電話，還是沒辦法搞定全體台聯候選人。

那幾日，他很消沉，黨中央有人告訴他，黨裡就是有人要去，要挺扁。「看誰去；誰去了誰就拿了錢。」

這位台聯黨部高幹，來自國民黨的前任立委，轉述李總統的無奈時，也很嘆息。

所以，「誰拿了謝長廷的好處」的提問，不是無的放矢。

遭開除黨籍後，我提出申訴，黨內中評會委員，以高雄陳進興先生爲主的幾位中評委，顯然比較像知識分子，他們撤銷了開除的決議，將我停權，好像是三年吧。

值得一提的是，台聯的中評委中，李安妮是唯一的女性，關於我的議處申訴案，每次開會，她都請假未出席。

看來，她是學會了老爸的機警自保學。

那日被開除黨籍後，面對電視台SNG直播專訪，表明競選到底，堅決站在清白反貪的一方之後，夜幕低垂，我決意一試，試一試李老先生的眞實面目。

我撥了一通電話，到翠山莊。一通我的先生強烈反對，認爲沒有必要，有傷自尊，於事無補的電話。

我的想法不同。我跟先生說，我要用探照燈照清楚李登輝的內內外外。

老先生不出我的預料。他，不敢接電話。之後，他一直不敢與我連絡。

選後，我致電翠山莊找李武男總管，請他轉達向李總統私人致謝與祝福的意思。老先生也未回電。至此，一切歸零。

台聯一位女性立委友人認爲，李老先生的作爲有難言之隱，建議我設法與老先生保持連繫，「去看看他」。

「多打幾次電話，他第一次不接，第二次，第三次，總會接的。」這位女立委的建議，恐怕是認爲要涉入政治，還是不能與李登輝完全斷絕來往。

我沒這樣做。

依照我的分析，該連繫的時候，李登輝總統會主動連繫。

什麼叫該連繫?玩過政治，有過與李老先生交手經驗的人，應該都能領會甚中奧妙。

那一通是非善惡、人性公義大考驗的電話，可以從我的手機的通聯紀錄中查得。

老先生那時刻，在不在家，是事實，謊言也一定有行程紀錄爲佐證。

我這樣說，是準備萬一李登輝總統方面說，他要幫忙的女傭以人不在家為理由不接我的電話，是事實，不是不敢接我的電話時，進一步查證之用。

翠山莊的電話，多半是位於地下室的警衛室當班人接聽，再轉接樓上的李家起居室。通常，他們會先報知何人來電。那晚，我的電話，也是一位男士回應，我告知了身分，接電話的人沒說是誰，我也未詢問對方的姓名，以往，都是如此。

一分鐘不到，另一端有人拿起話筒。我的心底悸動，以為老先生果然是我的先生口中的，「是個人物」。

「李總統出門了吔，不好意思哦。」女傭的話有些勉強。

總統出門，警衛室不知道？我沒多問話，謝了謝掛上電話。掛上了我對阿輝伯最後少數幾絲的尊敬。

說不敢，雖是我的推斷，以我對他個性的理解，也應該是事實。

根據一位陳姓教授的轉述，他的友人曾有與李先生談及此事的機會，「李總統說他對妳啊，是很內疚的。」我沒有求證這段話，也是不重要了。

一位國民黨時代跟著李登輝的政界人士則說，「李登輝是務實，存活求生啊，如果妳比較強，他當然支持妳啦。」

我不否認這番話的可接受性。

我討論的、介意的，是態度；是一位一度被稱爲台灣民主之父，一位歷經權鬥大風大浪、見多識廣的前任國家元首，可以不必如此難堪的遺憾與悲哀。

誰背叛了台聯？

一直以來，李登輝總統都明白，台聯，這個可以讓他在二〇〇〇年卸任總統之後，還小小呼風喚雨一番的新興政黨，是一輛拼裝車。

其中，有人是國民黨前黨工；有人是民進黨的敗選黨員，結合在一起也是爲了權力與私益。說理念政綱，連台聯內部的好幾位立委，私下都開玩笑說己利當頭，不做擋民進黨西進的政黨，台聯還有何看頭？

一位南部選出的兩屆立委就坦白說，一家本土派自稱的報紙，阻擋政府大陸政策，爲的果眞是理想嗎？

「大家都知道，」立委說，「那是他們在台灣的土地多嘛！」言下之意，該報團與中國無生意關係，政府大陸政策對報老闆沒好處。

說這話時，在場還有台聯的好幾位高幹，大家哈哈一笑。

「那爲什麼還要替他們的主張背書？」我故作白目，追問了這句話。

「那他們就是要利用你的談話，達到自己的目的啊！」委員回答得理直氣壯。

怪不得，沈富雄先生說過許多次，大陸政策，每一個政黨都差不多，選舉的時候各取所需罷了。

人民不是看不清楚；個別記憶與目的，卻主宰了投票的決心，自己騙自己。換言之，大部分的選民在投票那一刻，除了希企自己屬意的候選人獲勝，也更高度的寄望這一票，足以打敗對方陣營那一位必除之而後快的敵手。

這樣的情緒投射，全世界民主社會的相關研究，不乏諸多實例。最近深受矚目的法國總統選舉，兩輪制的設計，法國選舉專家指出，就是讓一方可以強烈擊敗另一方。最佳例證，即是上一屆二〇〇二年總統大選第二輪投票，剛卸職的前總統席哈克以百分之八十以上的得票率，擊潰對手拉潘。

原來，拉潘是極右派代表，排斥移民、政治主張超民族主義，用台灣人的名詞形容，是極端民粹。上回十六位總統候選人中，兩大黨的候選人，一位是參選連任的執政黨提名人席哈克，另一位，社會黨挑戰者，曾任總理的喬斯潘最被看好。未料，第一輪投票，卻冒出了拉潘躍居得票第二高的位子，得到最後第二輪參選權。

這下子，嚇壞了主流法國選民。第二輪決定總統正宗人選時，踴躍出門投票給席哈克，「爲的就是擔心拉潘那樣的瘋子型候選人當選！」

直到現今，不少法國學者、專家和意見領袖回想五年前的選情，還一副危機重重的味道。

這比台灣選舉時的棄保，有過之無不及。

台聯以新起之姿竄出，原先是有意參選的幾位地方政治人物的結合。其中，桃園出身的現任立委黃宗源，據說出錢出力最多。他約集了中小企業朋友籌了一筆鈔票，扛著李登輝的招牌，和廖本煙、黃主文等人投入二〇〇〇年底政黨輪替後首度立委選局，一舉奪得十三席，與宋楚瑜領導的親民黨，表現優異，同樣振奮台灣政界。

可惜先天不良，註定了後天的畸形。

在國民黨與民進黨刻意的政治操作及修憲設計後，大部分理解政治運作的人士都預期，二〇〇八年一月首次實施的單一選區兩票制立委選舉，將是台聯和親民黨徹底遭消滅的大限之日。

事實也是如此。二〇〇七年四月底，自主性戰役打得辛苦，終於撐不下去的親民黨已經公布將於立委選舉後，與國民黨合併。台聯也在二〇〇六年北高市長、市議員選舉後，宣布更改黨名及黨綱主張，改走中間偏左路線求生存。

只可惜，爲時已晚。

北高市長、市議員選舉期間，我和李登輝總統信任的幾位學者型幕僚友人，都曾間接或直接建議，要改革，趁早；要清黨，趕快，要與陳水扁劃清界線，不能猶豫。

我們認爲，北高選舉前，更換台聯黨主席，痛定思痛宣示民生至上的政黨發展目標，爲人民、爲基層、擱置意識型態之爭，切斷和民進黨的臍帶關係，即使勝選機會不大，中間選民的呼喚力，還是一個好的重新開始。

是八月初，台聯黨慶的前一週，我在鴻禧山莊，向李總統說明月來走訪台北市與選民接觸溝通，及政策研究的心得。

他仔細聽了，相當滿意。對於我提出「美麗台北市」的口號，十分認同。要讓台北的女性敢生小孩的市政目標，他也認爲很務實，說出小市民的心酸。

看他心情不錯，我越過政見，跟他提及選舉細節，台聯黨中央似無著力點的問題。

李總統並無懷疑。應當是太多人向他提及黨內高幹領導不彰的困擾。

「爲什麼不換黨主席呢？」我問。

不等他回答，我又繼續說：「現在如果換人，許多人說，對台聯的選舉，對制衡民進黨，與長遠發展都會有幫助。」

李總統靜靜聽著。

「比方，換上的是一位清新的女性，像賴幸媛？」我嘗試再進一步。

賴幸媛三個字，引起老先生興趣。他揚了揚眉，「她不錯哦？」面上有安慰的笑容。

「不過，做主席，太快囉，還是要磨練磨練。」

「可是，現在的主席這樣下去，遲早……」我不放棄，卻也擔心自己說過了頭。

「再不好，也比前一任好吧？」

我決定不再在李總統面前討論這個議題了。

這番話，道盡了台聯的致命傷。

創黨初期，沒有人敢說台聯是好是壞。政治，風險性高，李老先生以新政黨幕後領導，也就是精神領袖姿態復出政壇，檯前，總要有人幫著撐場面、做事，曾任內政部長的黃主文先生是沒有選擇的選擇。

沒想到，上屆立委選舉，他的兒子黃適卓在北市南區參選，打下沈富雄出線；爭連任的另一位台聯提名候選人，卻在北市北區吃了敗仗。檢討起來，據說，不少人，包括敗選當事人，都向李老先生告狀，黨的資源讓黨主席黃主文「當兒不讓」，給了自家人，搞砸了全黨利益。

爲了請黃主文交出黨主席位子，李老先生大費周章。簡單說，是他硬要接任的蘇進強去幫忙做劊子手的。

既然奪權有功，李總統發現蘇進強領導不力，也不好明目張膽用了就丟。一位親近李老先生的學者分析，換掉蘇進強，黨內不和、派系分裂現象，不一定能改善，一動不如一靜。更何況，蘇進強是老先生欽點的鬥爭黃主文接班人，沒公開理由突然換掉，豈不是承認錯誤，給了前主席勢力內鬥反撲藉口？況且，接任人選也不一定能穩住局面。

我的觀察是，李先生的領導學裡，有一項原則，即是維持製造內部矛盾，以相互制衡，提高領導人的高度及裁判人角色的必要性。

台聯內部的鬥爭，格局不大，看在李登輝眼裡，多少還是具有滿足感。這一點，有些怪異，嚴重一些說，可以用不是常態；再白一點，就是變態兩個字形容。

但，明白領導人心理的人，應該不意外。

後來，二〇〇六年十一月間，有一期的《時報周刊》，報導了蘇進強等台聯高幹抱怨替老先生跑腿的辛苦，「隨傳隨到，不滿意還要罵人」，有功不賞，有罪要擔，心內早已視李登輝爲麻煩，多少透露了爲李老先生做事的無奈與痛苦。

李總統恐怕心知肚明，擺著一個言聽計從的三流主席，總比一個不聽話的一流主席好用、好使喚。

台聯裡，「沒有多少人是眞心愛台聯，眞正忠於台聯」，這也是李登輝親口跟我說的。忠於台聯這個政黨的立委幹部等，計算起來，不過兩、三個，而且是女的。李先生明示，替民進黨講好話的，難免有問題。

「爲什麼？他們拿了阿扁的好處？」我不放鬆，試圖追問。

「這個，看就知道了嘛。」接著，他細說了台聯組黨時的複雜人際結合。說一說，頓一頓，沒有結論。意思是，政治就是這麼不清不楚。

二〇〇七年一月，北高選戰台聯慘敗後，李登輝終於撤換爲敗選負責的蘇進強。據說，廖本煙等創黨元老，意圖趁機搶下黨中央，老先生請出了黃昆輝阻擋這一波背叛危機。他還以更改黨名及公布中間偏左黨綱，做最後的一搏。

實質上，台灣政壇大都認爲，台聯已經是過去式，換名字也無濟於事了。

我想起了日本結束台灣殖民統治，將自己在日本京都大學念書時使用的名字岩里政男，更改回到漢名李登輝的阿輝伯。

或許，改名，確實有效？在李登輝的心裡。

南羅北謝？李登輝與謝長廷詐術結盟！

北高選舉投票日當天，二〇〇六年十二月九日，民視新聞台播出一個明顯是爲民進黨助選的現場節目。大清早，投票一開始，即由新聞台主播和邀約的兩位來賓，曾是阿扁任命的國策顧問金恒煒，及民進黨籍立委黃偉哲，同台評論選情。

對他們的討論，我並無強烈觀看興致。

在台灣，若干新聞台各事其主，不是爲錢，就是侍奉權力。民進黨初選，謝長廷與蘇貞昌打得四分五裂，外界形容「刀刀見骨」，血肉模糊，揭露了三立新聞台接受謝長廷做行政院長時的行政院金錢供應，賣出以「向人民報告」爲主題的談話節目「大話新聞」時段，宣揚謝長廷的政績。

批評者說，這是置入性行銷。

蘇貞昌陣營與幾遭消滅的民進黨新潮流派系，指控謝長廷靠著電視頻道三立與民視的偏袒、護航，才獲得初選勝利。

在我看來，這是遲來的正義。

謝長廷陣營與特定媒體的親密關係，我在台北市長競選活動期間，不只一次向社會大眾，或新聞界及政界人士提醒。可惜，人微言輕。

那時，民進黨內大團結，二〇〇七年四、五月間，立委初選被謝長廷打得抬不起頭的好幾位參選候選人，前一年還都替老謝背書。

他們當中，有些人沒料到，挺謝的三立炮口轉向，擊潰了自己的派系。

初選慘敗的蘇系支持者事後回想，說那時謝長廷的口號，「愛與信任」，終於演變成黨內權鬥的「恨與消滅」。

國民黨方面，向來懶散，台北市選情穩定，始終沒有認眞檢討謝長廷不光明的選戰。

我也是在這次意外的近距離偵查，才發現謝長廷人脈之複雜，單線指揮之錯綜神秘，以及爲哄抬選情，製造假民調，與購買新聞頻道，以新聞片段包裝選舉吹噓文宣的大膽騙術。

奇怪的是，當時的名嘴及媒體界正直人士，無人觸及這一問題。

或許是，紅衫軍紅火燒得過度亢奮，好些位有影響力的意見領袖，心頭已被罷免陳水扁全盤佔據，無心顧及謝長廷，而讓謝陣營食髓知味，愈做愈無所不為，終於在民進黨內總統初選戰中，爆發了謝長廷鈔票利誘、控制媒體的內幕。

事實上，國民黨立委江連福所公開，民進黨政府與三立和民視的人民納稅血汗錢支出給付關係，只是近年民進黨政客政媒糾結中的一小部分。

據說，國民黨人正準備認眞搜集資料，將總統選舉競爭對手謝長廷方面，用金錢拉攏媒體的資料比對分析，尤其是謝長廷擔任高雄市長任內，公關支出細節與政績優秀的關連，將要以實證對外公布，並大陣仗宣布要監看「大話新聞」，有錯就告。

這是國民黨後知後覺，還是鱉笑龜無尾，媒體界人士各有各的看法。不過，要揪出謝長廷置入性行銷中用錢換新聞的手法，非要專業人士去找，像捉電腦毒蟲一樣，不是容易的事。再加上，涉及到收了好處的電視新聞台不只一家，眞要查出眞相，不簡單。

名嘴之一，質感不錯的黃智賢，二〇〇七年五月十七日在 TVBS「新聞夜總會」節目中，評論謝長廷與媒體的不正常關係，就注意到了台北市長選舉期間，幾乎每一家新聞台，都播出了量身訂製的謝長廷正面文宣式新聞包裝的假相。

這顯示，她的觀察，既銳利也專業。

再談投票日那天的民視新聞台。

我掃到了標題，停留了一下。當時電視鏡面上的一行大字，模糊記憶上，是說周玉蔻剛投完票，接受訪問說，不會很快回媒體等等。

我好奇參與節目做來賓的金恒煒和黃偉哲兩人許久未與我謀面，甚至連電話都未通過，他們能說什麼。

金恒煒前一陣子爲了聲援大綠民進黨，不惜嚴詞批判小綠精神領袖李登輝好幾回合。

最令我吃驚的，是他在《自由時報》自由廣場上，一篇分析李總統因事先得知陳瑞仁要在十一月三日起訴陳水扁夫人和幕僚親信們，選在十一月二日親筆簽名一篇我的競選文宣，題爲「挺腐化的民進黨，台灣萬劫不復」的《自由時報》頭版廣告。金恒偉說，那是配合批扁。

那時，正在競選火熱期間，忙得雞飛狗跳，工作室的文宣助理阿奇，曾詢問我要不要寫反駁文章批金無中生有。

我認爲，李總統辦公室都不急著否認，我急什麼？

既然連廣告編製委刊的過程，金先生事前、事後都未與我查證，即可撰寫編造出一大篇洋洋灑灑的白紙黑字，電視上又能說出何事？能評出什麼深入的觀點？

我多餘的憂心當然浪費了。總結他的評論：周玉蔻與台聯雙輸，周小姐錯估了李登輝與謝長廷的關係，才會遭到最後被掃地出門的遭遇。

對於一個獨立政黨的主體性，是否不應該隨著精神領袖的私交情誼遭扭曲，及其中涉及之公道是非，李謝可能的曖昧密室交易利益交換，甚至欺騙選民與各自政黨同志等，金先生都沒有我所期待的省思評價，和知識分子最底線支撐的基本態度。我有些失望，不意外。

和我是美國哈佛大學甘迺迪政府學院公共行政碩士校友的黃偉哲，不遑多讓，支支吾吾說不出所以然。

選後翌日中午，我正和中山大學廖達琪教授等人午餐聚會，接到金恒煒先生來電慰問。我禮貌道謝，表明感激。

蓋上電話，一旁我那和平天使先生，還不忘提醒，他不是說妳的廣告是陰謀的那位嗎？不管怎樣，我說，還是相信人家是善意的關懷吧。

金恒煒，我都叫他金總編，是我主持電視談話節目「台灣高峰會」及「新台灣高峰會」時代的主要來賓。在我遭連戰和顏清標控告誹謗，新聞上報期間，他都來電致意，表示支持關懷。

我和他，說起來是君子之交。

他上民視「頭家來開講」節目，大庭廣眾被林正杰毆打，我在廣播節目「東森早餐」痛批街頭小霸王林正杰的暴力之外，還約請當時的台聯市議員候選人召開記者會，批判林的暴力行爲。

話說回來，我錯估李謝關係了嗎？

李謝關係，與台聯推出候選人參選，以及台聯的長遠發展，台聯和人民的互動，有何關連？

這個問題，要從幾個層面看。

第一、李謝到底是什麼關係？

第二、台聯提名我，我的選舉與選戰策略及選情發展，爲什麼，及如何與李謝關係搭上關係？

第三、就算沒有錯估李謝關係，我的選舉過程會有不一樣的演變，換句話講，會超越金總編所分析的我和台聯的雙輸嗎？

李謝關係，之前，我沒有深入研究。公開看到的報導，與謝長廷的說法，是兩人都有留日的經驗。還有人說，每次聊天，他們兩人講日語，別人就傻眼插不上話。

民進黨內有人指出，老謝和國民黨的馬英九一樣，公開一貫尊李，避免撕破臉。不像阿扁與李先生，吵吵合合好幾回合。

另外，有人提醒我，一九九六年首屆總統民選，謝長廷和彭明敏配對，「是老李暗中請託，對打林洋港、郝柏村的」。

所以，依照這位許信良時代民進黨老黨員的分析，李謝「早就建立了可以做任何勾當的革命交誼」，雖然黑暗，卻有效。

最後的說法，我未能證實，無法評論。

據鄒景雯在她的書中描述，彭明敏教授於一九六四年遭國民黨當局逮捕，接著流亡海外之前，和李登輝確實是知交好友。但彭教授出事後，李登輝人在國民黨內，不敢和老友有任何連繫。即使升任總統，特赦政治犯，也極端小心，直到一九九六年總統民選政見發表會上，才願意與彭明敏面對面會晤。彭明敏參選總統，借債近三千萬元支付費用，他本人嚴詞否認與李登輝有關。

我很尊敬彭明敏先生，相信他的誠實。謝長廷部分，就不得而知了。

李謝私交是否跳越公務，我曾坦率請李總統釐清。那是二〇〇六年五月初，謝長廷要選不選台北市長期間，曾經直接詢問李總統，如何看待謝的動作，及李先生的觀察。

在翠山莊，台聯計劃公開提名我參選台北市長前不到一週。老先生的回話，聽不出有無避重就輕。

「他的目標是二〇〇八啦。」我清晰記得李總統的答覆。記憶中，他的面上表情，有一些恍惚，不太想繼續這個話題的意思。

日後認眞回想，他的眼光似乎是有一些閃躲，是年紀大的緣故，還是藏著不可告人的意含？我無法找到答案。我還記得，曾經問他，你會支持謝長廷選市長嗎？

「哪尹A？」李總統講的是台語，還加重語氣補上一句：「我又不是民進黨的主席。」

當日，我去向李總統報告黨內對選舉一事，一無動靜，中央黨部有必要立即成立選戰中心，主動積極掌握機會，打好年底北高戰役。

數日後的五月四日，由蘇進強主席率領的北高台聯市長和市議員候選人們，在上午正式對外宣布提名名單後，一同前往翠山莊李總統居宅，聽取他對選舉的看法。

在這一刻，李登輝總統沒有想到任何與謝長廷的私誼，或者其他出賣與否問題。至少，我的理解，此時此刻，李老先生對於延攬當時擔任台灣北社秘書長的楊文嘉出任台聯選戰總操盤手，充滿信心。

依照楊文嘉的說法，李總統交代他幫忙在北高選戰中打出台聯的士氣，接著而來的立法委員選舉，就不怕被邊緣化，甚至泡沫化了。

楊文嘉還很坦白向我說過，他本人認眞考慮要接受台聯提名，投身立委選戰。

我以台北市長候選人身分參選，目的也是以立委選戰的集體戰役爲目標。這方面的結合，現在回想，只能說是一場浪漫的錯誤。

二〇〇五年底，距離我離開《聯合報》投入電子媒體工作，已經超過十年，期間主持廣播電視節目，也曾有過成就感不低的時刻。

但是，我日益感受到政治力與特定利益的介入，和台灣政治藍綠嚴重切割化的狀態，已讓電子媒體個別工作者，失去單純站在中間立場、純專業態度投入的空間。

我曾和先生討論，既然參與政治、經濟新聞領域合計已三十年，若有機會和意願，何不親身嘗試參選，單一選區兩票制選出的立委人數減少，戰役雖艱辛，職位意義卻較深刻，應是我改行做政治工作的極佳時機。

未久，在我一次拜訪台聯中央黨部和主席蘇進強會面，請教他軍事相關問題時，順道與時任副秘書長的劉一德聊天話家常。他主動探詢我參與台聯市議員選舉，再於第二年參選立法委員的意願。

返家，我跟先生討論此一發展的可能性。

「不行，那是欺騙選民。」先生認爲這樣的計劃擺明了詐選，不是選項。

之後，一位後來代表台聯參選台北市議員的媒體人，不只一次說服我以市長候選人的身分，爲立委選戰暖身。

這些建議，就在二〇〇五年底與〇六年初之間，非正式的談論著。中間，還傳出汪笨湖有意參選台北市長，台聯與他也互動了一小段時間的新聞插曲。

二〇〇六年二月十五日，農曆年後，蘇進強做東，邀請台聯立委、黨內高幹和媒體朋友晚餐。那日，與我君子之交的楊憲宏也在場。

談及台聯有意推出清新人士參選台北市議員選舉，突破市議會的零席次時，蘇主席主動請教現場人士，對於約我參選的看法。

憲宏當場反對我選市議員再攻取立委的做法。席間，有人提到那就代表台聯選市長，以母雞帶小雞的方式，打一場充滿企圖心的選仗？

賴幸媛、黃政哲與何敏豪等委員在座，好意腦力激盪。大家談到我的不能獲勝是必然；若可以牽動台北市議會席次破零，累積能量帶起台聯立委選舉的全面動能，應是可以採行的積極正面目標。

從一開始，台聯的提名策略清晰，目的明確。

謝長廷的正式投入台北市長選舉，雖帶來漣漪，不是風暴。至少，表面上是如此。

我也很認眞以新人態度，展開一場生平首次的選戰學習洗禮。我明白自己的角色，我了解自己的目標，我聽到、看到李登輝總統批判阿扁無能貪腐的憤怒。我認爲，踏踏實實向前衝去，是台聯沒有其他選擇的選擇。

之後，紅衫軍崛起，陳水扁總統的地位岌岌可危，李總統勇於公開抨擊阿扁的談話，加強了台聯在綠營正直支持者心中的期待。

我在民間走動拜訪時，不少過往出錢出力支持民進黨的基層民眾，極眞誠的希望我轉達他們對一個清白正派的台聯的期待。

「千萬別再被阿扁騙了。」台北市松山區的一位建築業董事長說這話時，還強調，他本人不會再被民進黨那些人給騙去。

這股氣氛，陳水扁成功以「說通」台聯黨內的黃宗源、廖本煙和黃適卓等人，逼使台聯自打嘴巴，在阿扁起訴就支持三罷的承諾上，毀掉一個政黨的信譽。

蘇進強曾當面對我幾乎哭訴，說是這些人結合黨內另外三位中部選出的立委，要脅堅持不再主張罷免陳水扁總統，否則「他們就退黨」。

「我做一個黨主席的，總不能看著黨團就這樣潰散吧！」蘇主席忘了在國親推動二罷陳水扁總統時，台聯公開對外承諾，若是總統或家人遭起訴，就要推動三罷。

蘇進強敵不過黨內壓力的說詞，台聯內部也有人不以爲然，認定他才是台聯無法發展自主性的主因。

「我們的蘇主席眼裡，台聯的精神領袖之外，還有一位領袖；蘇主席眞正的老闆是陳水扁。」黨內一位幹部並不忌諱這一說法的流傳極廣。

依照他的觀察，蘇進強曾被陳水扁總統任命爲國安會諮詢委員，這一關係，始終纏繞著蘇進強。

利益交換的事，《時報周刊》寫得活龍活現，說蘇進強等人和阿扁合作無間，抗罷有功，將獲提名監察院副院長；其他人，也有報恩的安排。

一位台聯中執委，還將這篇報導轉給李登輝總統看。

據這位中執委說，老先生很直接，立即電話質問蘇進強，「蘇主席堅定否認」。

北高選後，二〇〇七年初，紅潮不再，下台危機解除，陳水扁總統曾表示，希望立法院再審察通過監院院長、副院長與委員名單，還以政黨提名的餌，誘使國民黨和親民黨上勾。

國親一度也推出人選，一位自始即反對藍營與扁政府合作的藍營政治評論家透露，直到有人點出阿扁釋出小利，民進黨擁大利，以監院公資源酬庸收攏二〇〇八總統選舉利基意圖明確，才阻止了國親嚐甜頭毒蘋果的短視。

陳水扁的監委新貴名單中，並沒有蘇進強的名字。倒是第一波監委人選裡，台聯秘書長林志嘉就列名其中。

民進黨立委初選，改革立場的新潮流幾遭滅絕，新潮流有自省檢討的必要。另一方面，也有人指出，新潮流人太投機，關鍵時刻不能挺住正義，力推罷免陳水扁總統，終於最後被黨內人士以深綠情結掃除殆盡。

不能堅持大是大非，最終一敗塗地，新潮流自食惡果，這話用在台聯在北高兩市的選舉中慘敗，也很吻合事實。

令我不解的是，一向被認爲擅長謀略的李登輝，大敗國民黨內非主流派，搞垮了李煥、郝柏村、宋楚瑜等難纏高手；二○○○年因一己之利，一心提拔他以爲可加控制，當成傀儡的連戰，終致倒掉國民黨的李登輝，爲何在二○○六年阿扁貪腐罪證明確的重要時刻，未能扮演壓垮駱駝最後一根稻草的角色？

在我與基層互動時，經常聽到不耐政局不穩的小市民們憂心忡忡。他們當中，直率的，就坦白質問：「李總統何時出手？」

初時，我以爲說這話的人，是問李老先生何時站出來助扁；詢問之後，發現向來投票給綠營的這些市井小民，問的是老先生爲何遲不出面拉扁下台，結束痛苦。

表面上的理由，也是李登輝總統自己安慰自己的理由，是阿扁的爪子伸進了台聯。

「這是騙人的話。」一位來自民進黨早期的黨工，後來加入紅衫軍幹部的年輕教授，不相信李老先生制不了台聯投機派的說詞。

「只要他下定決心，那幾個姓黃、姓廖的，也不敢造次。」教授說。

老先生按兵不動，原因何在？我的密集觀察理解，最重要的，是李總統低估了阿扁的鬥志，高估了自己精神層次的號召力。

其次，老先生身體健康不佳，年事已高又遭肺結核復發之苦，使他力不從心，意志力與魄力相對無法展現。

最後，李先生的謀略忍詐、政治鬥爭學中，很主要的一環，是殺人不見血。

過去，這種黑臉別人做，白臉自己擔的模式，屢試不爽。這一回，倒扁，沒人替他做劊子手，終於功虧一簣。

細數李登輝一九八八年當上總統暨國民黨主席之後，從換掉保守派大老總統府秘書長沈昌煥，到誘使郝柏村為了閣揆一職，自廢武功、解除軍職；用精省壓制宋楚瑜；供應奶水給民進黨人，整掉郝柏村，護送連戰登上行政院長、終至副總統等，每一階段，鬥爭手法細緻，慢工出細活，關鍵時間點迅雷不及掩耳下殺令。劊子手的角色，永遠借由他人出手，自己始終超然無辜。擔任殺手的，蘇志誠第一名，宋楚瑜也有功，地方政界人物三教九流，只要有用，莫不歡迎。總統府之外，還有私人智囊小組，負責穿梭在他與民進黨人之間，帶消息、想戰略、以意見領袖身分，營造輿論民意，操作十數年順暢有效，建功無數。

陳水扁進駐總統府後，這些檯面下的學者、媒體界人士也一一封官。林佳龍、黃輝珍，做過新聞局長。莊碩漢曾出任行政院發言人，國安會裡的李朝重將，及李總統重用請益過的人才，像張榮豐、陳博志、蔡英文、林碧炤和陳必照等，阿扁都聘爲官員，多少也回報了李總統，不再欠李總統人情，不必再吃老先生指指點點那一套的意思。

對付陳水扁，假手他人下殺手不易。資源，也就是官位、鈔票與好處，不像以前黨政軍大權在握那樣豐足，李登輝只有吃下敗仗。

另一方面，政局千變萬化，一日數變不易掌握，也是倒扁倒到台聯被逼改名求生的因素。

其中，李登輝接受謝長廷遊說，雙方連手的「南羅北謝」之操作，幫了謝長廷穩住台北未崩盤，卻在高雄逆勢發展成爲台聯幾遭消滅的局面，李登輝總統遲早要面對眞相的檢驗。

謝長廷代表民進黨競選總統大位，若是不能交代清楚這一叛黨的詐術結盟；涉及的，不僅是民進黨內已然不易的整合問題。更嚴肅的，是他的人品、操守，不誠實和說謊欺騙問題。

「南羅北謝」之不務實及異想天開，李總統竟然信以爲眞，至今仍讓我迷惑難解。當時，李老先生周遭學者智囊建議，與謝長廷戰略性結合，一廂情願評估，台聯提名羅志明參選高雄市長，藉謝長廷高雄實力暗助，可以打敗高雄市市長民進黨提名人陳菊，既可挫敗新潮流銳氣；又可給陳水扁重擊，進而削弱擊垮阿扁。一舉數得。

這也是那段時期傳言不止的所謂第三勢力，李屬意謝做頭頭的說法的脆弱基礎。

我在二〇〇六年五月下旬，就感知了李登輝與謝長廷這一自認周延十足、勝算頗高的妙計；實質上，卻是極不正大光明，極不符合政黨政治運作原則的一次詐狠戰術劣質結盟。

選前，李登輝以視訊方式，錄製錄影帶向高雄市民推薦羅志明，痛罵陳菊不是愛台灣的候選人，就是李謝詐術的劇本之一。

李老先生身邊的人，明著告訴我，要我選一選，到十二月六、七日投票前，宣告退出，還要由李老先生坐陣同時召開記者會，要謝陣營保證某些權益交換。

蘇進強卻直言建議我，選舉時，可以提出謝長廷根本不願爲民進黨高雄市長候選人陳菊助選，加以攻擊。

我一開始未置可否，忍著看這些政壇大男人，究竟想操弄什麼遊戲。

後來的互動，證實了謝長廷陰狠不光明，答允與李老先生連手殺陳菊，再殺阿扁，騙取老先生台北放手支持的選戰計劃。

我與選戰經驗豐厚的幕僚幫手討論，其中有三位，都是反對黨時代對抗國民黨的大將，他們對民進黨的執政劣行深惡痛絕。

他們一致認爲，退選，人格破產，我絕不能上當。

謝長廷誘騙李登輝與李先生身邊單純的學界人士，說服他們羅志明有勝利希望的謊話，可恥邪門，不值得與之保持任何所謂的合則兩利空間。

我的策略，是要讓謝長廷式的欺騙手法被揭穿；讓謝長廷不正派的人格特質遭毀滅。

我失敗了，從選票數字上看，敗得很慘。

但是，對照後來民進黨總統提名初選，蘇貞昌的遭遇和感嘆，正不勝邪、引人唏噓。

我初次投入選戰，不畏壓力與艱辛，戰至最後一刻，保持了正氣、尊嚴與信譽，使我下半生仍然可以抬頭挺胸、光明正大做人，是正確、正義的決定。

羅志明本人被當成棋子，我沒問過他的看法。

十二月九日選舉日計票，他的得票數也不理想，我撥電話向他致意。至少，在台聯中執會決議開除我的黨籍那日，羅志明以缺席方式技術性迴避，是善意良心之舉，我沒忘記。

電話中，羅志明不隱瞞內心的沮喪。他低聲嘆息說：「選了半天選掉了自己的政治前途。」

羅志明從頭就不相信可以勝選。

我沒有問過他，謝長廷陣營答允的助力，最後爲何消失如泡影。

李登輝卻不諒解羅志明選情之壞，及台聯高雄市議員席次由六轉一的悽慘結果。

據說，老先生還質問過，「給了你兩百個樁腳，票怎麼都開不出來？」兩百個樁腳，是謝長廷暗中承諾的？是眞？是假？老先生是被欺瞞，還是太天眞？都是待解的謎。

二〇〇七年民進黨總統候選人提名初選戰前，羅志明公開挺謝，台聯南部有意參選立委的候選人，也不乏爲謝拚場者。似乎，台聯方面，即使由形象不錯的新任主席黃昆輝先生宣告，要走自己的路，要更改黨名，要爲小老百姓打拚，意圖靠民進黨分一杯羹當選立委的，還大有人在。

謝長廷做總統候選人的民進黨，在首次單一選區兩票制的立委選戰中，自顧不暇，能否釋出資源給台聯候選人，深諳選舉的綠營選戰資深人士，都勸告台聯人最好不要再跳入謝長廷的糖衣合作劇本裡。

再回到李謝交情。

老董，攻於政治精算的李登輝總統，爲何會聽信謝長廷一手設計的「北謝南羅」，欺騙黨內同志，背叛政黨精神的戰計？

兩人素來未交惡，政治性格相似，固然是原因，眞正精髓，我也是在好一段時間之後，才恍然大悟，謝長廷布置政治人脈手法之綿密，三教九流，遍及各領域。他在李老先生身旁，早有眼線。

李總統個性突出強悍，卻有著耳根子軟的弱點，獲取他的信任，他身邊人士幫著講好話，是必要且充分的條件。

蘇志誠一手幫連戰逼走宋楚瑜，老先生在我面前承認，蘇志誠護著連戰，是事實。我與李總統接觸多年，也發現他很容易受到近身接觸者的影響。蘇進強主席很介意我越過他與李總統見面，可能也是察覺了老先生這一特點。

這個部分，研究權力者影響力的學者早有定論，那就是接近性。美國尼克森總統時代的國務卿海格在他卸任後撰寫的書籍中，提及總統身旁的人大權在握，有時比總統本人還有威力。他提到的，是幫總統排約會行程的人，和可以比總統更早過目重要公務文件者。

李總統卸任了，排行程的秘書，和可以送上文件資料的身邊幕僚，決定他見什麼人，聽什麼人進言，仍然是影響老先生耳目的重要人士。與這些人交好，就有接近李總統的機會，就有傳達特定訊息與氣氛的空間。

眾所皆知，李總統在任、卸任，始終尊之爲父執輩長者的華泰飯店董事長陳天貴，有老先生夫婦乾兒子之稱。他出入李宅與李先生相見晤談，自由自在，可以想像。

陳董事長不是一個是非之人，夫妻在業界形象正面、人際關係甚佳，一般相信，他與李先生的關係，不涉及複雜的政治爭鬥，但關鍵時刻的訊息轉遞，畢竟重要。謝長廷身在民進黨，他與李總統的有形無形橋樑，直到二〇〇六下半年，我才醒悟，陳天貴先生的不可或缺角色。

陳與謝的特殊交情，外界不是很清楚，卻緊密。我與陳天貴董事長夫婦，是君子之交，在我需要協助時，他也跳過與謝長廷的私交，予我援手，是少見眞情眞義的商界人士。

越過這個不談，在北高選戰中，李總統眼看台聯黨中央不見動靜，私下邀集賴幸媛、陳天貴、彭榮次、黃昆輝與兩位低調學者，合組輔選小組，替羅志明推選戰，與謝長廷合流意味濃厚。陳天貴的角色，可以想見。

情何以堪的，卻是謝長廷的「北謝南羅」戰，保住了他自己在台北的基本盤，打出了他代表民進黨參選總統大戰的天空，高雄的羅志明卻慘敗不說，戰選小組中有人還很受傷的承認，謝長廷那邊沒有票也就罷了，「打了半天，羅志明的一萬多票，有一半是國民黨的票」。

換句話說，陳菊，民進黨候選人打敗國民黨候選人黃俊英的一千一百一十四票，依照數字分析，得到的最大助力，是羅志明分搶掉黃俊英陣營的五千票。

這與一九九八年謝長廷和吳敦義爭高市市長，自行參選的吳建國拿了藍營五千多票，恰恰好幫謝長廷贏了吳敦義四千多票，一模一樣。

人算不如天算？政治上的合分、分合，雖然是近年台灣政壇迷信的權謀馬基維利術；但，聰明反被聰明誤，機關算盡而掉入自掘的陷阱，不知是不是李老先生回顧自欺欺人、詐局一場的二〇〇六李謝合的肺腑之思。

「都是蘇A搞算命那一套……」

叱吒風雲的李登輝先生，擔任總統十二年間，歷經多番政治鬥爭，卻也如願登上中華民國史上超級強人地位；民主之父，也是他深以爲豪的稱號。

不過，由於卸任後並未退出政治，仍組黨呼風喚雨指點政壇，他無法超然於權力的選擇，也讓他在二〇〇七年間，褪盡了這殊榮的光環。

了然於生命無常的李總統，可能並不在意這一切，從他的行爲模式與紀錄，可以查知，當下、權力與擁有，是他的最高信仰。遺憾的是，他可以爲未來的當下，忍受現在的屈從與算計，犧牲眼前的正義和是非。

這也是許多人形容的劍道精神，德川家康治理學。一九九〇年最後一次由國民大會選出總統那一次老式選戰，李登輝才剛上任不到兩年，就堅持提名沒有聲音的李元簇做副手，引發主流派、非主流派長達十餘年的爭鬥。

是他欣賞李元簇過深，還是選擇李元簇合於李登輝總統長期利益為重？從李元簇副總統任內幾不發聲的表現，和後來陳水扁總統副手呂秀蓮副總統形成的總統府正副元首不合風暴比較，任用李元簇以保障李總統個人權勢和地位不被動搖，顯然確為李老先生的先見之明。

然而，重用連戰，最終卻證明，是李登輝半生顯赫政治生涯中，最致命的錯誤。之後，力挺阿扁，指點阿扁，批判阿扁，成為李登輝再一次重大的錯誤選擇。諷刺的是，這兩人，連戰和陳水扁，其實，在李登輝眼裡，一個是「阿舍」，一個「豎仔」。

這兩個詞彙，是李登輝總統的公開談話。說白一點，骨子裡，李登輝根本瞧不起連戰和阿扁。輕敵反被敵人打敗。二〇〇〇年三月二十四日，李登輝以主動辭職的形式，被連戰掃地出門，趕出國民黨。二〇〇六年被陳水扁孤立隔絕，搶走台獨教父面具，李登輝學的研究中，這都是值得深入探索的題材。

提拔支持連戰，從李登輝一九八八年一月十三號，接下蔣經國辭世後的總統職位，就不遺餘力。先是將連戰調任外交部長歷練；接著台灣省省主席。

之後，安排宋楚瑜接省長，宣稱第一位外省囝仔做省主席，打破省籍平衡老窠臼。連戰回台北，擔任第一位國民黨統治期的本省籍行政院長。

一九九〇年主流、非主流大戰，李登輝險勝後，形同叛變的李煥不留任。一度，李登輝想破除障礙，直接升任連戰爲閣揆。後來因形勢不利作罷，轉而誘使郝柏村擔任行政院長，清除了郝大將在軍中的勢力。

李登輝從未忘懷連戰。

一九九二年底立法委員改選後，他逼迫郝柏村交出閣揆位子，第二年二月，正大光明任用連戰取代，也宣告了連戰接班人的資格。

之後，精省、壓宋，修憲、副總統搭檔，連戰副元首兼任閣揆，及二〇〇〇年國民黨提名連戰參選總統。

每一步，都爲連戰掌握大位而設計。

每一步，都招來批評抨擊，李登輝也在所不惜。

爲什麼？

二〇〇〇年三月十八日，連戰被打敗，得票不如宋楚瑜，只有三百萬後，根據李登輝向

《李登輝執政告白實錄》一書作者所述，連戰當面逼他交出國民黨主席職位，「愈快愈好」。

對連戰掏心掏肺，最後卻被連戰驅出國民黨。為什麼？

李登輝為何看錯人？為何屈服於連戰的逼迫？

最後一個問題，與李登輝識時務的軟弱政治性格有關。第一個問題，為什麼是連戰，是李登輝權謀學大起大落的精華。

特殊鍾愛連戰的考量與思維，李登輝曾經公開回答過鄒景雯與金恒煒兩位的提問。

鄒景雯所著的《李登輝執政告白實錄》書中寫道，李前總統答覆她的詢問，所提的說明是，不提攜連戰，那還有誰？意指那時候國民黨中生代的全國性政治接班人當中，連戰的資歷、歷練、背景與省籍和「聽話」等特質，均是李登輝心中認定無人能出其右的條件。

還有一種說法，是連戰父親與李登輝曾同時出任行政院政務委員，合一辦公室上班，上一代的交情，也奠定了連戰是李登輝唯一愛將的基石。

答覆金恒煒的問題時，李登輝也是差異不多的解釋。

那是二〇〇四年總統大選前，民視播出的李前總統專訪，主要目的，是集攏李先生的人氣，為爭取連任的陳水扁總統拉抬選情。並非民視新聞部工作人員的金恒煒，受邀擔任主訪人，據說，是李總統比較信賴金先生的緣故。

兩年半後，金恒煒在《自由時報》上撰稿，寫了一篇完全不是事實的文章，指摘李前總統要我刊登報紙廣告配合倒扁，前後對照，有些難堪。

金恒煒在那次專訪中，當面向李總統質疑他用錯人，看錯人，一路走來最大的失敗，最對不起台灣的決定，就是用盡手段扶持連戰為副總統，並爭逐總統大位。

「李先生被逼急了，還說，那我道歉好了。」金先生有一次跟我描述那日兩人的對談，笑著回憶李老先生的啞口無言。

我的疑問，是二〇〇六年初提出的。

也是在翠山莊。只有我與李總統兩人，是老先生約我敘一敘。這天之前，老先生與好幾位他認爲意氣相投的新聞界朋友聚餐，兩次，都在華泰飯店，都是十幾個人一同晤談。

這其中的許多人，在李先生批扁聲浪愈來愈高的二〇〇六後半年，公然抨擊李總統，毫不留情。老先生對此十分火大，公開喊話責怪運作綠營名嘴圍剿他的陳水扁總統。

公開場合談的是大題目，私下，才能談指定設計連戰爲接班人，最後遭連戰逐出國民黨的心路歷程。

我清晰記得李總統的表情。當我問他，你爲什麼堅持一定要支持連戰時，老先生嘴部下垂，輕輕揚了揚頭。

我以為，他會說出官式回答。不選連戰選誰，這樣的辯解。早在李總統大權在握，蘇志誠做總統辦公室主任時，蘇主任就這樣回答我的好幾次質問。

「還不都是那個蘇A搞的……」李總統表情無辜，說話語氣中有自己也是受害人的意味。

我的話接不下去。

出乎意料。

接著，音調放低，像是告解。

曾經權傾一時的李登輝前總統說，蘇志誠結合了幾位經常跟總統接觸的人，用天命的說法，說服了做總統的他相信，連戰是接班不二人選。

我有些詞窮。思索著如何接續我們的對話。

這不是秘密。二〇〇〇年第二屆民選總統之前，台灣社會瀰漫著連戰天之驕子，註定要做總統的君王好命。

另外，我的理解，我的查訪，信奉基督教的李登輝先生，對於神秘學、玄學興趣極高。他在總統府辦公室內會見這一領域的人士，次數頻繁。蘇志誠本人篤信佛法，對於命相、鐵板神數、紫微斗數等，都有虔誠的投入，政界莫不知曉。

李總統私人朋友中，有一位女士，李總統任內，因工作關係，每一週進官邸一次，對於李總統接收的資訊，有超過一般人認知的影響力。這位女士，與連戰交好，也與佛門、命運學研究者、通靈者有來往。

解讀李老先生那天的說法，他的意思，是這些人以天命的說詞，包圍了他，說服了他，讓他做了堅信連戰爲最佳接班人的決定。

我的心裡疑問四起。

決定營造良好氣氛追問，但又不想場面讓老先生失面子。

我問：「是嗎？是連先生策動蘇志誠他們這些人幫忙嗎？」

藏在我心底的問號，是一個領導人，竟然會聽信算命人的話？國家元首，黨的新一代領導人，何等大事，李總統眞的可以推給蘇志誠的怪力亂神？可以這樣自圓其說？

對啊，聽他支支吾吾一小段話後，我單刀直入問，「你認爲蘇志誠有被連戰金錢收買嗎？」

老先生眼睛一亮，一貫的不對爭議問題直接答覆，避免捲入爭端泥沼。他說，「不知道吔，我是沒拿錢的啦。他，是滿有錢的啊，對不對？」

我說，「你是因爲這樣和蘇主任鬧翻的嗎？」

「哦，沒了，是他反對我出來組黨啦……。」

他解釋，蘇志誠阻止他帶領創建台聯，還想辦法遊說太太家人反對，犯了老先生的大忌，決意與他一刀兩斷。

十幾年的親密幕僚，情同父子，有如生命共同體，說斷就斷，不難過嗎？這樣的問話，我留在心中。

老先生的心情有些低落了，我不想再加深他的傷感。

眾叛親離！

人生際遇種種，即使是升斗小民，也會面對好友翻臉、家人反目的衝擊；政治複雜無比，親疏遠近，變化萬端不足爲奇。

可是，李前總統翻雲覆雨台灣政壇近二十年，身邊親信友人幾乎全都翻一番，老人家內心深層底處究竟如何思考，是一個關乎心理學探索的問題。

我不是專家，我的分析，李老先生採取的是故意遺忘，與暫時性遺忘的自救策略。

李總統明明是動機不良，低估連戰的鬥爭本能，以爲連戰是天生的傀儡，扶植成爲下任總統做兒皇帝，仍受控制，自己可以做太上皇，垂簾聽政續享大權，最後關頭卻被反咬一大口，遺憾終生，內心之痛，無以復加。

李總統選擇主動斬斷與蘇志誠的關連，埋葬掉蘇志誠與他的過去，相對的，也切割刪除他與連戰不名譽的同盟關係。

這是老先生心底層次的自我平衡。他以爲這樣做，人們就會遺忘他起用連戰的眞實意圖。

他也以爲這樣做，他遭連戰脫掉黨主席外衣的羞辱，也可以成爲煙雲糞土。

李扁位移？捉鬼卻被鬼捉去！

《自由時報》的某些報導，被綠營人士視爲指標性資訊，是政壇和媒體界分享的秘密。這一日，由署名鄒景雯的記者，寫了一則李扁位移的特稿，篇幅雖不是很大，字眼與標題卻刺眼。

特稿的意思是，李登輝在獨派支持者的領導人地位，已被陳水扁總統取代。這是二〇〇七年初，二二八左右，距離阿扁卸下總統兩屆任期，只有不到一年半。鄒景雯是《自由時報》的資深記者，民進黨執政，陳水扁總統進駐中央以來，她的總統府獨家消息，經常領先同業。

也有人懷疑，阿扁總統和幕僚與鄒的關係融洽，重要時刻，透過她的報導放話，測試民意風向，或是減低不利新聞衝擊。不友善的人士，則傾向批評，這樣的記者，是被利用。陳水扁總統的國務機要費案鬧得熱烘烘時，鄒景雯的南線專案獨家故事，被網友當成本世紀台灣新聞界奇聞討論。

我不喜歡抹黑媒體的任何政治性動作。媒體與政府，是公眾資源的一環。新聞界在民主社會扮演第四階級角色，就是肯定在治理與監督的過程中，政府的行政、立法與司法權之外，守護正義及人民權益的，還有不可缺少的第四權存在的必要。

記者和政府官員的關係，互動頻繁，是各自專業上的需要，大部分從事新聞專業的人士，工作上必須與官員保持友善交往以取得消息，不存在利用與否的問題。鄒景雯夠敬業，採訪動能與分析力都強，報導總統府消息權威，就被政治敵意強的人解讀為是御用媒體人，不完全是事實，也不公平。

不過，由於人脈交往以綠營朝野高層人士為主，鄒小姐的報導，反映某種政治認同氣氛，或者更進一步說，反射某些政治操作的趨勢，倒是很可能。

這一篇李扁位移說，不會是無中生有。文章透露了來自親陳水扁人士樂觀的解讀和期盼，應該接近事實。

諷刺的是，鄒景雯受到政界人士注意，是二〇〇〇年政黨輪替之後，她在蘇志誠幫忙說服老先生下，得到李總統信賴，撰寫了一本《李登輝執政告白實錄》書籍。

這本書，以李登輝觀點出發，完全採信李總統解讀各種政治爭議，爲自己所做的自說自話有利辯護；文章中的焦點主題，都對李總統加以正面肯定與讚譽，幾乎可以說是超完美李登輝的著作。爲李先生這幾年來新獲得的獨派教父名號，增添助力。

如今，阿扁即將結束總統任期，李登輝領導的台聯搖搖欲墜，獨派團體多半與李老先生劃清界線，被指貪腐的陳水扁家人官司纏身，二〇〇六年頻頻遭到前總統李登輝不以爲然的嚴厲批判，卻以台灣人不能被羞辱的運作，躲過炮火重掌大權，他不僅沒有像半年以前說的，權力下放，還部署了卸任後的積極角色。

位移說，就是一次宣告。

李總統瞧不起陳水扁，不是我說的，是老先生做總統時，每次碰上陳水扁委員或陳市長要與李總統對損，我從李總統身邊人士的反應，綜合而成的一種態度觀。

我不方便講出當事人是誰，這位總統身旁的要職人士，曾在一次我以記者身分詢問，究竟李總統有無暗助陳水扁時，率直幾帶不屑的回說，「幫他，不要看不起他就好了。」

李登輝不把阿扁放在眼裡，依我判斷，阿扁心知肚明，而且，內心深處多少也有忌恨與心虛。

畢竟，李登輝留學日本京都大學與美國康乃爾大學，擁有碩博士學位不說，日文英文都通，加上愛讀書，又具有日據時代台灣鄉紳的威儀；只學過法律，講起話來更草根的陳水扁，免不了有相形見絀、矮人一截的嗟嘆。

公開在電視直播節目受訪，陳水扁總統曾說過爸爸對兒子也不能如此的話，一般看來，情緒性發洩的意圖之外，阿扁也有向老先生開戰示警的味道。

李總統政治性格濃厚，人前人後評量與現任總統的關係，大都「利」字考量，這又讓政治基因更凸顯的陳水扁有了操作空間。

李扁鬥法，從二〇〇〇年之前就存在。那年三月十八日的總統大選，連戰陣營責怪李登輝放水，暗中幫助阿扁，我不認爲如此。原因很簡單，李總統退而不休，不肯放權的心態十分清楚，當時他如日中天，不甘心立即收手回歸平民，一心一意相信連戰是待利用的傀儡，唯有拱連獲勝接任總統，李登輝的政治生命，才有機會附身於連戰而持續發威。

對陳水扁，那時，李登輝沒有直接管道，也沒有信心建立暗通款曲的互動。

國民黨執政時代李系人馬的現任民進黨立委莊碩漢，就不只一次發誓強調，以他近距離參與李總統與綠營溝通的觀察和理解，李登輝絕對沒有任何與陳水扁曖昧互通，背叛連戰競選團隊的紀綠。

「絕對沒有」，莊碩漢說。他曾強調，他與若干李總統當時信賴的學界人士，還提醒老先生傾全力支持連戰的後果，不一定正面，「李總統卻不相信」。

李登輝的心裡只有連戰唯一人選，只認爲連戰當選才有利於自身政治權位不息。甚至，在若干互動上，不是很把陳水扁放在眼裡，陳水扁貴爲台灣第一等級的聰明政治動物，心內，不會不明白。

扁李現前任總統的關係，就在這種詭異脆弱、眞眞假假的基礎上，表演了六年多，直至二〇〇六年國務機要費案爆發，李總統認定機會來了。

陳水扁先是隱忍，接著收攏獨派社團、意見領袖，進而收買台聯立委，一步一步拆除了李老先生公開反制的危機。

「捉鬼卻被鬼捉去！」李登輝在二〇〇五年初，陳水扁總統與親民黨主席宋楚瑜一場扁宋會後，發表十點共識，被綠營批評得體無完膚，陳水扁反駁是老先生建議他和老宋和解，卻惹來抨擊批判。李總統面對新聞界詢問，回答了這句生動的台灣諺語。

回顧二〇〇六年，李登輝總統不惜與獨派重量級人士翻臉，等著阿扁走上自掘墳墓交出政權的末日，沒料到，二〇〇七年初，老先生所得到的評價，是二二八紀念活動上，民眾不留情的噓聲，及一位曾經寫書對他讚譽有加的資深記者，以位移說，論定李登輝已遭綠營基本盤支持者唾棄。

捉鬼被鬼捉去？不知是否是李登輝老先生看到解除罷免危機、意氣風發的陳水扁總統的感受？

精算政治如老狐狸的李總統，爲何栽在陳水扁手裡？資源不如人，厚黑學參得不比阿扁深，固然是原因；老先生太自保、太投機，不肯做殺手，卻又找不到願意替他下刀子的人，終於被陳水扁看穿。

當阿扁用挺扁就是挺台灣；阿扁倒了，台灣人也倒了；以及「卡歹嘛是自己的仔」等，深入台灣民眾內心世界的耳語、遊行喊話等手法，求取同胞將他當成自家兒子一樣原諒時，李登輝註定非要難堪的敗下陣來。

李總統不把阿扁放在心上，卻判斷失準，時機錯誤，敗者爲寇，最後一絲尊嚴都被阿扁脫光光。

對他不顧舊情的，傷口上灑鹽的，則是曾經視他爲救世主的《自由時報》。

兩個月後，爆發台視股權爭奪戰，被認爲企圖以不光明手段吃下台視的李登輝女婿賴國洲，遭蘇貞昌做閣揆的行政院解除台視董事長職務。

國民黨立委指控，《自由時報》欲靠與民進黨的合則兩利關係，獲取台視掌控權，《自由時報》完全否認，最後參與競標台視股權，卻敗在出價較高的非凡電視手下。《自由時報》集團大老闆林榮三家族，與李登輝近二十年的政商親密連結，從此劃上分號。

李登輝權謀學真相：選票與鈔票！

這是一位李登輝做總統時代，十分倚重的學者出身的幕僚，親口回憶的傷心往事。

那日，他之所以吐露這段故事，是有感而發。報紙報導說，李登輝總統在台北居住的翠山莊，是妙天法師購置給老先生的。

「若眞如此，我以後再也不要替他做任何事了。」正直、勤學又忠誠於專業職責的學者，是在我提及這不堪的金錢糾葛關係，不應該發生在李老先生身上時，很激動，也很認眞的回答。

之後沒幾個月，翠山莊由李登輝的孫女李坤儀購置於名下的消息見報。記者問老先生，他的孫女何以如此多金，有能力購買高價六千萬以上近一億台幣的房產。

李登輝總統臉不紅氣不喘，他說：「她的爸爸有留錢給她啊！」

我記得，李坤儀，小名巧巧的大女孩的父親，已故李憲文先生，和太太擁有一棟位於台北市東區逸仙路的公寓樓房，是不是賣了再貸款買翠山莊，沒有媒體追查，不了了之。李坤儀還有一棟祖父母贈送的鴻禧山莊豪門級別墅。

錢的事，是李登輝最不能明白清爽面對的問題。

不過，他在接受鄒景雯訪問時，非常有信心。《李登輝執政告白實錄》中，作者鄒景雯描述李總統談拉法葉艦軍購案，他說：「自從擔任公職以來，對於錢的問題，絕對自我要求，公務與私領域嚴格切割清楚。」

「我這個人很簡單，在錢的問題上，沒有模糊地帶。」鄒景雯在書中引述李總統的話，說他態度坦然。

李總統的超級自信，很難禁得起考驗。

這一點，台灣綜合研究院用了國安秘帳挪來的兩億公款做創立基金；國民黨黨產支援李登輝的長女李安娜創設中部一所貴族雙語學校；以及女婿賴國洲高價私自買進台視日資股票，錢從何處來等，都是李老先生難以回答的質疑。

當他二〇〇七年日本之行，在東京公開批評有人貪財愛錢，自己「兩袖清風」時，台灣政壇與媒體界一陣愕然。

一位綠營人士私下笑說，「陳水扁恐怕會吐血！」

鈔票，到底李總統怎麼看？

我請親近李總統多年的學者幕僚分析。

他告訴我他的經驗。

學者說，跟在總統身邊多年，老先生從未與他的家人，或者父母親友見面，也從未提及。

但是，有錢的學者幕僚，不一樣。這位不是豪門之子的學者官員，在李總統徵求人才時，引進一位優秀的女性學者。「她的家族很富有」，學者向李總統推薦人才時，也介紹了女學者的父親，一位經商成功擁有鉅額財富的本土商人。

幾天以後，李總統差人邀請那位學者的富豪父親，「共進晚餐見面認識」。

這位平民學者的心頭受到的傷害，講不出口。

李總統根本也沒注意到，他嫌貧愛富的舉動，刺痛了一位他所信賴的幕僚的心。

錢的問題，我跟李總統討論過。

那是李煥擔任行政院長時，一次李登輝總統出訪中南美洲，與台灣有正式邦交的國家。

總統府和外交部禮賓司準備各項禮節上的安排，最重要和棘手的，是伴手禮。

「行政院很有錢啊！」行前，我以《聯合報》主跑總統府路線的記者身分，與總統晤談。他提到了我們的國家，制度不周全，政府領導階層權力、責任、義務不均衡，像總統府預算收入比不過行政院，總統出國的經費籌措，都還要靠民間，政府法規上編制發放的公款，根本不符需要。

這是我首度聽李登輝總統談錢。

後來，據告知，那一趟訪問，一位建築業女性企業家，私下捐助了現款給李總統，讓他可以不受限制購買禮品，送給邦交國家政治人物，以維繫外交。

這位女企業家在那次之後，一九九〇年代前期，還陸續以捐贈方式，提供金錢支援，讓總統府不致困在預算窘迫的憂慮中。女企業家的兄弟一直是李登輝倚重的國民黨內重要中生代政治人物，直到生病長期住院爲止。

鈔票，確實是李登輝眼中極重要的權力累積條件。

在他出任政務委員、台北市長、台灣省主席和副總統時期，可能還未強烈領悟。我沒有正式詢問過他，眞的相信有錢能使鬼推磨的不堪問題；倒是李先生本人在一次訪問南非的公開講話中，風發得意，向在場前來捧場的台商談論台灣樂觀前景時，很不掩飾的提及「孫中山」，即是舊新台幣紙鈔上的人像圖片，是台商的最有利武器。

據說，南非政界當時對李登輝近乎羞辱式的金錢邦交說，很不是滋味。

南非終究還是和台灣斷交，與中國建交。李總統的孫中山顯然敵不過中國的人民幣。

不過，事實是，二〇〇〇年政黨輪替後，國安秘帳醜聞爆發，遷扯出不少李登輝總統時代，以金錢支出達到使命與目標的外交案例。

南非政府收了台灣近千萬美元的資助。比對之下，應該就是那一年國家元首曼德拉出面接待李總統，給了台灣領導人十足國事訪問顏面的代價。

難怪李總統不顧南非國家尊嚴，得意的說出鈔票決定一切的眞心話。

外交用錢買，許多國家都是如此。

美國居世界首腦角色，花了大筆人民血汗錢維持世界第一，人盡皆知。

日本，二次世界大戰戰敗國，躍升爲全球經濟第二大國，一直想成爲聯合國的常任理事國，捐輸給聯合國的經費也是世界之冠。台灣貿易大國，受制於中國打壓，從退出聯合國起就很慘，與中國比賽誰的銀彈攻勢強，已是爭取小國家支持的公開秘密。

即使是美國，軍購、採購，到私下的紅包送禮，討好老美別拋棄掉老朋友，台灣忍氣吞聲，一長串的血淚史，記憶在外交人員的工作生涯日記中。蔣經國時代，美國總統卡特和台灣斷交，爲了生存，我們的駐美人員，千方百計說服美方制訂國內法，保障維繫美台實質關係的延續。

金錢，就是檯面下的籌碼。

這一切，由蔣經國總統本人親自督軍。一位參與的人士說，那時，他和另外三、四位駐美同仁，秘密往返台美，小秘書就直接見蔣總統，當面報告立法遊說細節及需要的國內協助。

「我提過一個〇〇七提箱，裡面都是嶄新美金現鈔，由情治人員護送上飛機回美國。」這位友人回憶。那一隻提箱，與裡面的鈔票，是蔣總統在總統府辦公室，親自交給這位駐外官員的。

一九七九年中，美國國會通過了「台灣關係法」。至今，這還是穩住台美關係、中國共產黨執政者視如讎寇的一部美國國內大法。

鈔票治國是必要，沒有人能否認，卻要看動機。

蔣經國裝滿紙鈔的〇〇七，是爲了台灣人民好好活下去，歷史即使翻出這筆金錢的支出，仍會確認時空環境的必要性。

李登輝承襲蔣經國的做法，外交上有無奈。對內，金錢換不分區立委席次；捐款換政府政策影響力；甚至富商大賈以金錢協助，換取與總統的親密交往等，李總統時代，強人政治結束，展開金錢權力遊戲，或許有不能避免的特定需要，但是食髓知味，就是政治自殺。

到最後國民黨主管財務的大將劉泰英遭起訴，中廣售地拿回扣，累積李登輝成立私人智庫資本，李登輝自己出任榮譽董事長，女兒李安妮也居要職當副院長而不以爲意。

這些，在英美成熟民主國度，情理法上都絕不能被社會接受。

金錢萬能政治，在台灣，操作得最精彩，傑作連連的，是近代政壇天王之一的宋楚瑜。

據知情人士透露，李登輝理解到鈔票對政治人物形象與實權的魔力，就是從宋楚瑜任台灣省省主席運用省府統籌分配款出神入化、效用無窮，得到了啓發。

當時的場景，據轉述，是這樣的。做總統的李登輝由愛將宋楚瑜安排，下鄉巡訪，一處接一處，備受歡迎，屏東的蘇貞昌、宜蘭的游錫堃，民進黨執政所在地，地方政界也都讚嘆宋主席各項建設功德光輝，修馬路、建水溝、開山道、造橋樑，都不是不花錢能夠做到的。

李登輝終於忍不住了。有一次，地方訪問結束，兩人返回箱型車，肩並肩，李總統不能不佩服外省孩子做本省主席的好成績。

「錢哪裡來的啊？宋主席？」

宋楚瑜一五一十交代了統籌分配款的神奇秘密。

「天女散花」、「提籃子假燒金」等超知名的批宋專用詞，就是這樣來的。

宋楚瑜的金錢政治，演變到收了陳由豪捐給國民黨的政治獻金，存在私人近親帳戶的醜聞，導致總統大位夢碎。

李登輝先生從他一手培養的宋楚瑜身上，看到鈔票的威力；民進黨的奶水論，是他毫不忌諱，公然承認以金錢換取民進黨人暗中協助，贏得國民黨內鬥爭的經典傑作。

鈔票換選票，有選票才有位子；有位子才有權力，有權力才能滿足權力慾。

李登輝權謀學的種種，被神話成為日本武士道精神、劍術劍法、等待杜鵑等等，或許不無部分道理，卻有過度美化之嫌。

我的觀察，台灣的政治結構太淺碟，政治制度又過於殘缺，給了鈔票與不正當選票運作的空間，才讓李總統任內鈔票選票交互使用，如魚得水。

李登輝擔任總統長達十二年，因爲自私、短視與投機，沒有進行健全制度大典的整頓修訂，造成了陳水扁總統接任後，變本加厲的鈔票、選票大動員作戰；台灣人民陷入苦楚而不能自救。

李登輝領導學真相：變奏的指揮棒

一九八八年到二〇〇〇年，台灣的經濟發展，正面數字多於負數。九〇年代中期前後，東南亞金融風暴，大地震般殺向泰國、印尼與韓國，在痛楚不堪下，這些國家的金融赤字要仰賴國際貨幣基金協助，才能不宣告國家全面破產；日本，也在房地產業過度膨脹的牛皮汽球吹爆後，進入長達十餘年的經濟泡沫苦難期。

台灣躲過了外來金融危機的衝擊，樹立模範，還被OECD組織的研究報告提出來討論肯定。相對於後來陳水扁民進黨政府執政成效，失業率與痛苦指數都比較小的李登輝時代，黃金紀綠的突出性，更令李登輝與那時的國民黨官僚驕傲。

有人評論，這是大環境的運勢差別。

阿扁運氣稍差，上任不久，國際性不景氣浮起，台灣逃不了要受影響。另外，中國因素，也是阿扁治理的台灣遭受不利威脅的壞運氣。

早在李登輝總統的國民黨時期，台商在台灣的生產利基，廉價勞力、低成本土地與易取得資金等條件流失之初，遷往中國是跑得快的台商創造產業第二春的不二法門。其間，失敗實例有，但中國國內本土勢力的競爭和排擠，尚未成型，台灣還有喘氣休養生息的空間。

陳水扁總統上任，中國內需市場的本土性人才、資源，與技術、勞力、腦力等，調養過一九八九年六四民運的打擊，正在衝刺階段，與台灣形成互補中有競爭排斥的關係，造成若干產業紅遍天，部分產業一蹶不振。進而貧富懸殊擴大，中年失業人數遽增，民間蕭條與豪奢景象並陳，阿扁政府的政績，變成了政治角力的議題，藍綠對抗空前緊張。

不是很有錢，就是很窮的M型社會化專有名詞，成爲不少名嘴批扁的聖經。

李登輝總統對他任內台灣人民的安和樂利，很有自信。早在二〇〇四年陳水扁總統競逐連任之前，他就在楊憲宏做總編輯的《新台灣》週刊的一次訪問時，批判阿扁「只會選舉，不會治國」。

二〇〇六年爆發扁政府以不實發票報銷國務機要費醜聞之後，李登輝總統再度開炮，針對他二〇〇四年總統大選前夕發動二二八牽手護台灣活動，保住政權延續戰的陳水扁總統，及民進黨高層，強力質疑不僅治國無方置人民生活於不顧，還貪婪腐敗，毫無領導力。

老先生的每一句話，都深入人心。人們開始詢問，他與他的國民黨執政時期，治國與領導的能力，究竟如何保持基本水準，如何維持基本期待？

有人指出，經驗是主因。

國民黨有政府事務嫻熟人士，可以順暢推動政務。還有，反對黨再反制，也不像不肯認輸的國民黨人那樣，全面焦土，停滯國家事務向前開進。

另外，陳水扁總統本人也抱怨過，他做總統政令無法下達，政府技術官僚層級的主流公務員，習慣了爲國民黨服務，抵制民進黨政府，形成領導困境，治國不彰、飽受批判的災難。

不論攻防褒貶是否正確，如果以人民的感受、觀瞻做指標，一般社會大眾，談到領導力，在二〇〇七年五月二十日，陳水扁總統執政滿七年之際，扁李相比，大部分人民的治國能力評價，是李登輝前總統絕對領先陳水扁總統。

李總統果眞有一套阿扁望塵莫及的領導學嗎？

我試圖比對，發現扁李的政客級人格特質，其實不相上下。

草根式的語言；誠信度不高；五日京兆、言談主張變化快速，早晚不一樣；鈔票選票都是奶，有奶就是娘，兩人的政治現實觀，相似性極高。

不同的是，李登輝有高級知識分子的虛榮和自許。陳水扁對書呆子型的典雅十分不屑。換句話說，李登輝喜歡掉書袋、畫大餅，以思想家自居；陳水扁被形容爲律師性格，法庭內打官司，法庭外談和解，沒原則有客戶就好。

領導人要願景，不少討論領導學的政治書、企管書，都會列之爲第一要項。但是，執行力、追蹤力、監督力與檢討力，更重要。

這一點，正在爭取美國共和黨總統黨內提名候選人資格的前紐約市長朱利安尼，在他歷經九一一事件考驗獲肯定，卸任市長後，撰寫出版的《關鍵時刻》一書中，特別強調政治領導人的精神感召力之外，還強調，親臨現場的應變力與指揮力，更不可缺少。

全球知名電腦微處理器公司英特爾前董事長兼執行長葛洛夫，擅長寫作、精研科技，還是會有效賺錢、會激發員工下屬士氣的優秀領導人。他在不同的書籍與討論中，多次提倡企業領導。他認爲，高層人士，不僅要有領導能力，更要培養學習做經理人的條件。

換言之，管理與執行力也是領導人不能忽視的訓練。

李登輝總統本人對國政公務重大議題爲主，不愛過問細節；看事情好大喜功。

與李登輝總統討論問題，要引起他的注意，熟知老先生習性的內行人都知道，一定要有宏觀、有謀略，有戰術。

紙上談兵，憑什麼推動到成功的實例呢？

我粗淺的觀察，宋楚瑜和蘇志誠，在李總統就任總統前幾年，擔當了重要的執行者推動監察角色。他們兩人一府、一黨，將該完成的有利李登輝、也利於一己的各項事務，看守得嚴密警覺，是李登輝初任總統時，專權民主過渡期，施政順利的重要橋樑。

宋楚瑜細心，磨功高，有周旋於不同政治勢力的耐心，才能協助勸退萬年國會的老民代。這些老立委、老國代同意在一九九一年十二月十六日全部退職，雖說退職金的鈔票能使鬼推磨，發揮了高度說服力；宋楚瑜在執行上的角色也十分重要，不是李登輝身邊其他人，或者李登輝本人有能耐完成的。

蘇志誠最明白李登輝的喜怒哀樂。他指揮的地方派系角頭型政治人物，替李總統賣命，打壓異己、分享權位，立下功勞獲得攀龍附鳳的機會，實例不勝枚舉。

領導指揮棒落在少數人手上，最後，由蘇志誠一人獨自掌控，連戰坐等接班，形成了李總統實質上遭孤立的態勢。

行政院的施政，卻在平順的用人慣例和傳統下，尚能運作暢通。這一部分，民進黨接棒的陳水扁總統始終摸不出門道。

國民黨時代的技術官僚們，私下評論之餘，對民進黨政府用人無法唯才，造成政府空轉，咸認難以思議。

以行政院院本區的協調、總提調任務為例，這些工作，以往向來由資歷夠、歷練足的官場老將擔綱。這兩大職位，是行政院秘書長，和院長辦公室主任。

民進黨的閣揆，卻將之視為親信佔據的機要職位處理。謝長廷任院長時，他年輕無甚經驗的辦公室主任，就曾是各部會正副首長協調無門的痛。

國民黨時代，財政、經濟與經建、農業首長，民眾熟悉度不高，卻是政府部門的靈魂人物。再離譜也不會任用外行人。民進黨掌權後，經建會和農復會幾乎消失功能，財政人事大權，掌握在總統府手中，甚至有傳言那是第一夫人吳淑珍的禁地。

陳水扁政府用人不能適才適所，又不信賴國民黨舊時官員，上下扞格、政務扭曲、遲緩麻木，終於造成績效無法服人、百姓民不聊生等批判，以致被貼上不會治國、只會選舉的惡名。

李登輝總統接的是國民黨的領導人職位，比較起來十分幸運，行政院長用人不偏離常軌，是施政未大幅落後的主因。

但是，總統大權上，憲改及政治領導風範，國家長遠發展的制度大典之樹立，卻是空白。李總統講究宏觀，卻忽略細節，及有計劃的執行步驟，終於導致權力鬥爭建功，人民福祉之事，乏善可陳。

李登輝二〇〇七年在日本答覆記者提問，談及他的總統任內績效，特別提出升任總統前幾年的突出性，多少證明了我的觀察。

一個失控的李登輝下半段總統任期的領導，變調爲連戰爭取接任總統的一場宮庭內鬥大戲。李登輝在蘇志誠爲首的連戰啦啦隊包圍下，只想到權力的延續，無暇他顧。台灣的血本，其實，一九九六年前後，就開始流失。

李登輝狠詐學真相：是對手太差！

老謀深算。一九九二年底，擔任行政院長的郝柏村，連番遭李登輝總統以樹立憲政慣例爲由，要他辭卸閣揆職位，郝柏村抗拒月餘，在報紙輿論支持下，仍敵不過李老先生的堅強意志。

九三年初，舊曆新年剛過，郝柏村棄守，李登輝宣布省主席連戰接任閣揆。大功告成，目標實現，人們發現，意志力強悍的李總統，升任元首第四年，黨政軍大權在握，成爲頂著民主標記的台灣新強人。

大部分的政治評論者，自此總以政治精算師、老謀深算、權力鬥爭天才，形容農經學歷背景出身的李登輝。

一九九二年十二月十九日，國民黨在立法委員選舉中，表現不佳，黨內獲選立委的候選人，以打著郝柏村招牌的異議分子，最閃亮，成績較佳。

宋楚瑜秘書長與李登輝主席兩人的親信愛將，多半不被選民青睞，敗下陣來。國民黨內以趙少康爲主的新國民黨連線成員，公開要宋秘書長下台負責；李登輝卻要求郝柏村先離開行政院。

郝柏村不服。

他與同盟者的看法，失去民心的是李宋集團，郝院長的支持度仍然很高。

李主席不談選舉責任問題。他討論立委選戰後，國會新一屆立委產生，閣揆向立法院負責，舊人不合新民意，最好是辭職，建立憲政慣例，方便台灣民主深化腳步。

民進黨的立委與政界重量級人士，擔起了慣例說的宣揚與攻防角色。據說，當時，李登輝還安撫郝柏村，說是辭了不表示不再提名他當院長。

郝柏村與李登輝，繼一九九〇年逼李登輝撤換李元簇不成，與李煥等連手推出林洋港與陳履安的搭配，挑戰雙李黨內總統副總統提名權，雙方火烈交手，演變成一場知名的主流、非主流之爭後，此時，又展開閣揆保衛戰。

時空卻不同了。

李登輝已不是一九九〇年初那位黨內地位不穩，軍事統帥領導受牽制；政治上，還有國民黨外省元老、本土大老虎視眈眈威脅的學者型總統。這時候，郝柏村轉任閣揆解除軍職，接任參軍長、國防部長的蔣仲苓，在李登輝總統強力加持下，逐漸剷除了軍中郝家軍的勢力。三軍統帥的實權在握，已不是疑問。

蔣仲苓與郝柏村是陸軍裡有名的死對頭，李登輝發現了郝蔣的矛盾，在郝柏村被他以閣揆職位為餌上勾，放棄軍方郝大將地盤後，立刻請出遭郝柏村壓抑多年，早已不耐的蔣仲苓，替他重整收攬三軍人心。

另一方面，海軍將領劉和謙，與郝柏村也非盟友。李登輝在郝柏村被調往行政院後，將劉和謙將軍提升為參謀總長，當成自己人收攬。蔣仲苓為首的非郝家軍，以忠於職位、忠於統帥、國家的軍人天職，護李奪權有功，國民黨裡的非主流派人士一直不諒解。當時，對他們而言，恐怕也沒有其他選擇。

郝柏村不是沒有預防他在軍中積累大半生的勢力，崩於一旦。出任行政院長後，他試圖以前參謀總長、前國防部長的軍事超級大老身分，插手軍事會議。

郝大將沒料及的，是舉發不滿郝院長越權干擾的，正是郝柏村親手挑選的國防部長陳履安，非主流派推出與雙李抗衡的林陳配當中，副手代表人選。

李登輝先生繼續在國民黨舊勢力中，營造嫌隙與裂痕。

一九九一年，他準備升任蔣仲苓為陸軍一級四星上將。郝柏村暴跳如雷。根據前去疏通此事的已故總統府秘書長蔣彥士轉述，他告知郝院長李總統的決定時，郝柏村氣炸了，不肯以行政院長身分副署總統的命令。李登輝記在心裡，後來找機會修憲，將閣揆的副署權，乾脆一舉廢掉。

不輕易屈服的李登輝，一不做二不休，逼退郝柏村後，他將蔣仲苓轉任國防部長，底定了軍中反郝系統對他的忠誠與信賴。

蔣仲苓為李登輝效勞，鞏固軍權的往事，曾被認定是藍營的叛徒。二〇〇〇年政黨輪替，民進黨執政，李登輝被連戰逐出國民黨後，蔣仲苓與非主流又合流，二〇〇六年郝柏村的兒子郝龍斌競選台北市長，蔣仲苓還與軍中老將領一同出席相挺郝龍斌的造勢大會。

一九九三年二月，李登輝人馬藉由憲政慣例的開創，暗中發動民進黨人進行正當性的社會運動訴求，形成壓力，全面除去郝柏村權勢的企圖十分明確；郝柏村察覺到他一九九〇年接受李登輝任命為行政院長，顯然是一個政治陷阱之時，大勢已去。

據蘇志誠和李登輝總統本人指出，一九九三年舊曆新年時分，天氣寒冷，大年初二，郝柏村前去總統官邸拜年訪問。

「他反反覆覆，原本答應要辭的，後來又反悔。」那時的總統辦公室主任蘇志誠，這樣形容大過年喜氣的日子裡，郝院長一見到李總統，就表明他前幾日承諾將請辭的決定，有了變化。

李登輝很多年後，談到了那關鍵一日的情景。他回憶說，郝柏村很強硬，明白表示不願卸下院長職位，提出談判條件，並要求對接任者，有指定的權力。

李登輝認為，他只好來更強硬的了。

李登輝說，他臉色一正，嚴肅的向郝柏村說，「我現在以三軍統帥的身分下令，請你接受指示，立即辭去行政院長職務。」

郝柏村嚇壞了，當場不敢再反駁。

這一年，郝柏村勢力幾遭全面剷除，李登輝順利任命了台灣政治史上第一位本省籍行政院長連戰。

接著，他打破常規，將宋楚瑜調至台灣省，接任連戰離職的省主席職位。這也是最新紀錄，李登輝任用了第一位外省籍的台灣省省主席。

過去，蔣經國時期，為安撫民情，以新威權主義自許的蔣式專權領導，推動知名的「催台青」用人政策，大量有計劃提攜本省籍政治人才外，他出任總統後，請謝東閔先生擔任副總統，接著選擇李登輝接任。

台灣省主席則陸續任命謝東閔、林洋港、李登輝、邱創煥等本省籍黨內人士，也是省籍平衡的考量。五院中，行政院長人選，直到一九八八年一月十三日去世，蔣經國始終只信任他的外省集團親信；司法院長和監察院長，則以本省籍人士爲主。但，外省人人口比例只佔百分之十二至十三左右，卻在政府重要官位上，擁有比重近百分之九十五以上的權力資源，依然令民間不滿。

李登輝掌握了本省籍菁英長期遭壓抑的鬱悶，轉換省籍任命的慣例，得到相當程度的正面評價。

一九九〇年中，對李登輝起用郝柏村接替李煥任閣揆極不諒解的本土派人士，眼看郝柏村倒台，驚覺到李登輝的高明。紛紛私下讚嘆他政治鬥爭於無形的技巧。老謀深算、日本劍道、忍者功的稱號，陸續加諸在這位學者從政人士的身上。

郝柏村軍頭任行政院長，當時李登輝的壓力相當大。他明瞭必須通過媒體這一關。

那是一九九〇年代，台灣的電視台，還是無線三台的天下，政府完全掌控電子媒體輿論報導方向。

報紙中，兩大集團《中國時報》與《聯合報》，動見觀瞻。反對派的自立報系與新興的《首都早報》，發行量與影響力，不似今日的《自由時報》般廣泛，李登輝知道擺平了《聯合》與《中時》這兩家報老闆，一切就沒問題。

聯合報系，與郝柏村交好，主流、非主流鬧得不可開交，形成政局不安僵局時，就是《聯合報》創辦人王惕吾先生主動提議由蔣彥士先生做調人，組成八大老，勸退要在國民大會挑戰雙李的林洋港和蔣緯國等人。

蔣彥士是蔣經國的重臣，性情中人又耐心十足，是很好的糾紛調停者。他與李登輝是農復會時代同事，有互動與信賴。

八大老和蔣彥士穿梭在國民黨各大頭頭之間，在一九九〇年代初期，是台灣社會的高級政治八卦。

當時，我擔任《聯合晚報》採訪主任，經常能夠得到第一手資訊，報紙報導也常領先其他同業，其實，是佔了地利、人和之便。

最有趣的，是那時候爲了找新聞，我與我的記者同仁，開展了台灣版狗仔隊。

這位年輕的記者陳家傑每日一大清早，就等在台北市東區大安路蔣先生家樓下，跟著他跑新聞。沒多久，其他媒體加入，蔣彥士雖有抱怨，卻也佩服記者的敬業。

家傑跟我說，有一次大家跟著蔣先生的車子，到了陽明山仰德大道，馬力不足的記者群跟不太上，蔣彥士回頭看了看，交代司機別開太快，車子停在路邊，等記者們追上再啓動。

這樣的心思，也說明了爲何蔣彥士在已淡出政壇的九〇年代，又重回政治場域，扮演了台灣政治史上不能被遺忘的角色。

蔣彥士與《聯合》、《中時》的大老闆王惕吾及余紀忠兩位先生，累積的交誼，在李登輝總統爭取兩報支持上，充分發揮積極功能。

郝柏村將被任命爲閣揆消息傳出當日，李登輝總統獲郝柏村首肯出任這一職位後，與郝商妥，由郝本人向王惕吾董事長透露消息。郝柏村於是約了王董事長共進午餐，爲了保密，事先未告知是具有重大新聞價値的事。

同時，李總統也向擔任總統府秘書長的蔣彥士轉告了新的人事案，請秘書長同一日，向余紀忠先生說明這一政治意含強烈的決定。

李登輝總統十二年掌政期，以郝柏村爲鬥爭重心，終於獲致成功的一連串設計，是他權謀戰的超完美傑作。

任命郝柏村之前，他先堅定無比的拔除了郝柏村萬年參謀總長的職位。郝柏村請出宋美齡寫了一封英文信函指責李登輝，李不爲所動。事實上，當時，郝柏村理虧在先。

民主國家，哪有參謀總長一做九年不下台的？媒體民意的加持與郝柏村的貪權，註定了李登輝鬥垮郝柏村的勝利。

非主流派的林陳配破局，宋楚瑜主持國民黨提名大會的全代會，技術操作抵擋了非主流的攻勢，固然有功。非主流串連黨內中央委員，其中有人通風報信，以及目睹國防部長郝柏村與行政院長李煥不尋常集會，立即告知李元簇的國民黨已故海工會主任鄭心雄，及時提醒李登輝緊急危機處理，保住黨內總統、副總統提名會議的優勢，都是李登輝度過政變風暴的原因。

「是他們自己窩裡反，被自己人出賣啊！」李登輝對他戰勝非主流的幸運，曾這樣欣喜做結論。

捉緊敵人利害交織的關係，製造矛盾，進而分化破壞，再以資源利益拉攏一方，打擊另一方；陸續再以第三方打擊第二方，如此循環，人性自私弱點充分被利用，李登輝終於掌握黨政軍大權。

其間，國民黨人、民進黨人與民間人士，都在他的動員範圍之內。

李登輝一度鍾愛宋楚瑜，幫他擠下吳伯雄，奪得首屆台灣省省長職位後，發現宋楚瑜不可一世，有爭逐總統大位企圖，立刻發動民進黨人進行精省運動，將宋楚瑜送上被廢省不能不走自己的路的敗戰命運之門。

根據鄒景雯所著《李登輝執政告白實錄》一書陳述，李登輝也是連戰二〇〇〇年總統大選的副手推薦人。李登輝的構想，是蕭萬長與自視為廢省受害者的宋楚瑜素有交情，連蕭配的反彈，應該比較可以控制。

這一點，足以證明，李登輝擅長挑撥人性醜陋面的細密心思。

非主流搶總統、副總統不果後，李登輝出人意表任用郝柏村做閣揆，利用郝柏村逼下了當時的行政院長李煥。他請蔣彥士向余紀忠遊說接納郝柏村，同時還能達到柔性噤聲李煥抗爭的目的。

因為，李登輝深深了解，李煥與余紀忠逾半世紀的情誼。

《聯合報》的王家與郝家，曾同為蔣介石時代官邸侍衛幹部，命運共同體關連密切。依照李登輝的盤算，王惕吾先生主持的聯合報系，在郝柏村與李煥之間，必然支持郝柏村。

唯一憤怒之聲非常強烈的，是新興的《首都早報》。這家日報，報禁解除後，由黨外大老康寧祥先生集資創辦，號召了不少媒體界有理想人士打拚。

郝柏村做行政院長的消息，在《聯合晚報》與《中時晚報》刊出，正式證實後，翌日，《首都早報》的頭版，只有一個大字「幹」，強烈抗議「軍人干政」。

這一震撼紀錄，至今台灣報界仍無人打破。那時，《首都早報》的總編輯，是扁政府時代曾任國安會副秘書長的江春男先生。

郝柏村意氣飛揚的好日子，在立委改選的新民意壓力下，被李登輝以憲政慣例之建立結束之後，不少政界人士才發現，從霸著參謀總長位子不放的郝大將，到解除軍職的文人閣揆，到最後，平民陽春老百姓，李登輝不足三年的時間，把全台灣最有權力與實力的軍事強人，洗刷得一乾二淨。

他們開始分析贊賞李登輝「與生俱來」、有日本教育精髓的權謀天分。

是李登輝超級精於權力鬥爭的本領高強嗎？

一位曾代表李登輝與民進黨溝通的政治評論界人士認爲，是對手太差、太自私，太軟弱、太無造反能力，才被李登輝看穿，才一敗塗地。

李登輝忍功學真相：苟且偷生與謹慎存活

那番談話，是李登輝羞慚於自己軟弱偷生的告解嗎？

數十年來，屈身在國民黨裡享盡榮華富貴，李登輝同時代的台灣省籍知識階層菁英分子中，很多不幸在二二八蔣介石軍的大屠殺下遭滅絕。

國民黨政權正式遷台後的白色專權統治時期，李登輝最著名的同學校友同胞，是流亡海外數十年不能返鄉的彭明敏先生，連戰的老師。

之後，美麗島事件政治犯入獄的，黃信介、呂秀蓮、林義雄、張俊宏、姚嘉文、陳菊、高俊明，王拓、林宏宣等。年輕一代的，即使是李登輝最不放在眼裡的陳水扁，也坐過政治審判的牢獄。他以《蓬萊島》雜誌社長身分，因誹謗罪入監服刑。

換句話說，當別人正在拋頭顱、灑熱血、心驚肉跳，擔心對抗恐怖統治者惹來殺身之禍的同時，李登輝選擇棲身在國民黨統治者的政治俱樂部裡，做一個典型的「催台青」樣板。

登上總統大位後，李登輝解除了昔日好友同僚被國民黨警總列爲黑名單人士，大半生無法回台，有家歸不得的痛楚。

內心深處，始終纏繞在良知天平上的，應該是李登輝的與國民黨共容共生。不友善的批評，是介意他，做獨裁統治者的幫兇，是獨夫殺手的共犯。

李登輝在良心浮現時，也曾愧慚。否則，他爲何要在那次的聚會裡，爲自己與蔣家政權共舞，說出忍在國民黨裡伺機而動，比伸出頭、犧牲掉生命，或捉去坐牢被關，更有效果，救台灣更有用的說法？

我是在報紙上讀到這段報導的。

可憐的老先生。

或者，他也有可取之處？有些人一生爲敵人服務、一生賣友，甚至賣子賣親求榮、求生，而不自愧。古今各國，有太多相同的故事，一波波不缺乏的題材。李登輝大可裝傻，終身迴避掉這個考驗他良心內在的問題。

裝傻、委屈求全，李登輝也算是專家。他形容這是機警，刻意的低姿態，等待田鵑啼叫。

他在蔣經國面前坐下，椅子不敢超過三分之一的圖片，經常被拿來證明他政治性謙卑身段的爐火純青。李登輝本人卻不是很認同外界的解讀。有一次，我記得，是他主動提及這件事被解釋成他心機深重，在小蔣眼前的偽裝，「與事實不合」。

李總統說，那是禮貌，「是對長官應有的態度，沒想到被講成那樣」。

李總統對人周到、禮節十足，我有感受。每一回去他家，不論是副總統、總統時居住的官邸，或者翠山莊、鴻禧山莊，李總統再忙，也會送訪客到門口，目視客人離去才返回屋中。

他的良好教養，有人說是長一代台灣人學到的日本精神。可是，中國大陸出身來台，參與經建工作有功的前監察院長王作榮先生，也是這樣一位彬彬有禮的男士。

以前，王院長住日本式平房，我們赴他宅邸拜訪，他都穿過庭院，送我們到木製大門口。後來，房子改建成公寓樓房，他住六樓，我去看望。臨走，他堅持要送到電梯門口，看我進電梯門，才回家。

有大師之稱的李敖先生，說話銳利，對權貴者批評不假辭色，做人也是分際分明，禮遇周詳。去過他書房拜訪的記者都知道，李大師送客送到大門口的謙和。

這大概是那個時代讀書人的風範，與政治信仰及認同、省籍無關。

李登輝不喜歡外界將他對蔣經國總統的溫順禮貌說成是心機，討長官歡心、趨炎附勢，又如何解釋他不能做烈士，寧可卑躬屈膝，長年接受國民黨宰制安排，升任高位呢？

報紙報導說，李登輝在一次與獨派人士餐會上，有感而發說出他是蹲在國民黨裡等機會的話。意思是，表面上的苟且偷生，其實是內斂，是謹慎存活，待機而起。

那一陣子，政黨輪替剛完成，李登輝退而不休組黨的台聯，立委選戰表現不錯，李登輝是自滿於自己不同階段的意氣風發，面對獨派自己人講出眞心話？

理解李登輝思維的人，解讀不同。不過，顯然強烈支持台灣意識的人士，對他的說詞，認可同情的多。之後很長一段時間，直到二〇〇六年公開批判陳水扁貪腐，李登輝都享有民間封給他的「台獨教父」尊號。

不同想法的人士，批評李登輝是得了便宜還賣乖。明明膽怯怕死，投身在國民黨裡享受權貴，置台灣同胞被壓迫苦痛於不顧，對台灣民主奮鬥毫無貢獻，卸任遭國民黨逐出家門後，發現台獨領域單純淨土，以懺悔者姿態復出，留得青山在，不怕沒材燒，搶得台獨大老新地位，方便繼續呼風喚雨，滿足自己超高的權力慾。

忍者龜的求生學，不僅政治，人類社會的各種領域裡，都有生動的詮釋與精彩的故事。

問題是，大是大非的區別罷了。

日本近代最突出的政治領導人小泉純一郎，在自民黨搖搖欲墜的低潮期，靠著派系大老們的協助，一路選上黨總裁；國會勝選後出任首相。

初期，他還是元老派系領袖的最愛。一年以後，政治地位穩固，小泉第一個剷除的閣員，是日本政壇知名大老，已故首相田中角榮的女兒田中真紀子。

田中真紀子是小泉打敗黨內對手，得到總裁職位的功臣。小泉升任首相後，酬報主掌外交的外務大臣職位給真紀子小姐。不過，田中真紀子還是不買帳，經常以指導師自居，對小泉迭有批判；小泉終於不耐，找機會解除了她的閣員高位。

據日本政界人士說，田中真紀子被革職，氣得抓狂。但形勢比人強，小泉民意支持高，田中再憤怒也無可奈何。

二〇〇五年九月，小泉首相推動郵政改革，眾院投票表決失利，立即解散國會眾院，並開除自民黨內叛徒，以刺客取代。帶領自民黨改選大獲全勝後，小泉的權謀鬥爭、政壇崛起術，也備受日本政界、學界討論。

小泉純一郎的術與德卻不矛盾。他不戀棧權勢，依承諾在總裁任期屆滿的二〇〇六年底，交出職位由黨內接班人安倍晉三出任黨魁，進而由安倍接下首相大權。

小泉實現他強調的「無信不立」領袖哲學，爲他自民黨救星角色，寫下完美紀錄。這樣瀟灑放手於全球第二大經濟體最有權力者職位的人格風骨，不是普通政客能夠做到。何況，二〇〇五年改選的氣魄和主導選舉勝選的精準，都給了小泉若要繼續做首相，自民黨內無人敢、也無人能挑戰的能量。

小泉卻揮揮衣袖，安安心心做他的陽春眾議員去了。

權謀有限度，權謀的操作與定義，司法至上之外，小我與大我的分別，是很明確的判準。李登輝先生忍著活下去，忍著得到一國元首大位的求生學，不是沒有道理。對照日本小泉純一郎的言行，或許可以發現謀、術與德，不是不能兼顧。

李登輝的忍，爲的是權慾、自我，還是爲理想，爲忠於人民，恐怕他自己最清楚。

有意思的是，我發現，在台灣政治人物靠忍功存活的，最典型的兩位，二〇〇七年中，分別奪得了代表政黨參選二〇〇八年總統大選的黨內提名候選人資格。他們是馬英九與謝長廷。

謝長廷忍的，是陳水扁的霸道。馬英九忍的，是宋楚瑜與連戰的倚老賣老。

一位馬英九的重要幕僚私下評論說，政治烽火漫天裡，存活第一。馬英九在宋連壓制下，步步取得黨主席與總統候選人資格，過程驚濤駭浪，不是三言兩語可以敘述的艱辛。

這位親近幕僚辯駁外界批評馬英九過於軟弱的領導性格時，解說謹愼與儒弱、投機的差別，認爲忍耐、愼重，是馬英九在百年歷史的國民黨內，能夠不早早被踩死的存活學。

謝長廷的忍狠詐兵法，被《新新聞周報》形容爲李登輝之外，台灣政壇第一高手。

李登輝的偷生求生學，顯然不是沒有知音。

台獨教父，太沉重！

一九八九年四月，李登輝總統派出財政部長郭婉容赴北京參加亞洲開發銀行年會後，李登輝是不是一位忠於中華民國的黨主席，成爲國民黨私下議論的敏感話題。

反對李登輝的非主流派，此時尚未集結成形；立法院國民黨委員組成的新國民黨連線與集思會，兩大次級團體人馬，強烈反映統一和本土，兩種不同的國民黨內國家認同路線，壁壘分明、衝突一觸即發。

民間的台灣意識依然橫陳在長期遭壓抑，不敢明確表態的恐懼之中。李登輝的權力基礎仍舊脆弱。他靠著中間人輸送訊息，與民進黨人士暗通款曲，相互呼應，支撐台灣人總統的民氣。

另外一方面，集思會的成員，負責替李登輝抵擋多數爲外省籍政府資深人士組合的大老舊勢力，以及趙少康、關中、王建煊等新國民黨連線立委爲主的反台獨派，中產階級、都會選民號召力極強的新興國民黨新生力量。

抗衡中，李登輝的民間幕僚認爲，喚起台灣人民勇敢共鳴於台灣優先的台灣爲主體意識，有利於李登輝穩固承襲自蔣經國的合法政權。

國民黨的大老們，一般通稱政治權力既得利益者們，包括李煥、郝柏村、蔣緯國、林洋港等，相信反對台獨、尊中華民國於一統，才能加速弱化李登輝的民意競爭基礎。

國民黨內自此，即以隱形的統獨之戰爲議題，展開擁李、反李持久戰。

李登輝相信，掌握機會，一步一步解除國民黨行之已久，「黨即是國」的黨國政策加諸普通平民腦際的緊箍咒，是他存活於內鬥的唯一機會。否則，他必須選擇與林洋港等人合作。

李登輝很快就明暸，唯有激發人口結構中高達百分之八十八左右的本省籍同胞的台灣人認同感，才能防止他被黨內大老們擠壓威迫，意圖分享權力之羹的危機。

一九八九年三月，李登輝設法請新加坡形象良好的總理李光耀，約請他以國賓身分往訪。新加坡與蔣經國總統父子時期的台灣政府交情匪淺，最近公開揭露的星光計劃，由台灣軍方協助星國訓練軍人的合作方案，早在那時，就是新聞界未報導的公開秘密。總理李光耀實行威權式民主，在新加坡建立清廉有效政府，全球矚目。後來，他設法將總理大權，以表面民主的假正義過程，私相授受給兒子李顯龍，成爲極大瑕疵，國際地位隨之下落。

李登輝剛接任總統時，台灣的萬年國會尚未全面改選，總統還是由老人爲主的國民大會票選，實質民主僅進行到組黨、解嚴與解除報禁，尚待努力之處甚多。

相對的，台灣的政治氣味上，卻與新加坡那時的政治形勢相似。一九八九年底，台灣開放民眾赴大陸探親政策實施一年餘，中國和台灣打破不相往來禁錮，證明將是無法回頭的不歸路。

台灣海峽對岸，中國內部發自民間的人民做主的聲浪，愈來愈強。鄧小平一九七九年頒行經濟第一的開放政策，引發的政治自由渴求之情逐漸發酵。不多久天安門前，集結了學生、百姓，爲胡耀邦的去世追悼，掀起了中國近代史上最轟轟烈烈的爭民主大集結的天安門事件。

這時的李光耀，依照他在自述的回憶錄中坦承，對擔任兩岸進一步改善關係的協調人角色，充滿期許。

那時，新加坡與台灣及中國，雖都未建立正式邦交，邀約李登輝到訪，仍然是觸動中國共產黨擔心台灣爲主權獨立國家的外交禁忌。

李光耀的勇氣，周旋於中、台之間的外交技巧，此刻達到頂峰。

李登輝的星國之行，我以《聯合報》外交記者身分，隨行採訪。這也是李登輝出任總統一年兩個月後，第一次重要的國事出訪。

我還記得，學者氣息仍然濃厚的李總統，之前就開創了中華民國總統召開記者會的首例。

在台北市的一場記者會上，他說出總統府秘書長是「幫總統跑腿的」名言，令在場的總統府秘書長沈昌煥本人深爲尷尬。講究身段禮儀的中高階台灣人，擔心他是不是口沒遮攔；基層的台灣人民則疑惑中有欣喜，莫非高高在上的這位本省籍總統，「和我們一樣」？

新加坡政府盛情接待李登輝到訪。不但派出賓士禮車隊，由李光耀先生夫婦親自陪同訪問各地，還同意李登輝召開國際記者會。李總理本人並接受了台灣的記者，《中國時報》、中央社及《聯合報》的專訪。我多年來努力設法說服李光耀先生接受專訪的心願，終於實現。

李登輝總統在星國威士汀飯店舉行的記者會，以早餐談話會形式進行。總統、隨員及記者共進西式早點。他笑容滿面，手持刀叉，十分專注的切著盤裡的火腿、炒蛋，一邊抬起頭聆聽問題，及時答覆。

這一日，李登輝再度展現了他李氏語言的特質，和他日本鄉紳風采背後的眞拙。

至今，我仍記憶著他一口大嚼著食物，同時大聲回答問題的畫面。很突兀；很不像一位優雅溫文的元首，不像李光耀那樣，一位經由西式教育雕刻訂製淬煉而成的英國型政治人物。

相較之下，高高在上又緩緩走下的李登輝，顯得很隨和。

在場的記者，沒有人不爲台灣這位總統的平易近人而動容。我寫了一篇報導，描述當日李總統一邊吃早餐，一邊答問題，像個普通小百姓般的作風。《聯合報》刊出了這篇文章，沒有人認爲不恰當。

嶄新氣象，外省人和本省人，都對李登輝抱著熱切的期待。

這位總統確實不同。他回答問題的誠實，超乎現場記者預期。

是一位獨派意識很強的記者提問。

「李總統，在你使用的語言中，哪一種話，說起來最順暢？」

飯店高挑的大廳，霎時一頓。大家都知道，這不是一個普普通通的問題。

我對自己說。天啊，好問題，「千萬別說假話，李總統，求求你，千萬別說假話。」

我擔心他要說是「國語」。誰都了解，那是政治正確，卻不會是事實。

李登輝平日使用的語言中，台語應該是母語，還有日語及北京話——國民黨時代所指定的國語，以及英語。李登輝兩度留學美國，拿到碩士與博士學位。大家都聽得出來，他的台灣國語，不是很流利。

出乎意料，李總統沒有迴避這一詢問，他沒有回答是台語。「日本話」，他說是日本話。他是日本佔領台灣時代出生，從小生長在日本人殖民統治之下，直至二十二歲台灣交還給盟軍，盟軍交給蔣介石先生的國民黨政權爲止。李登輝與許許多多同時代的台灣人士一樣，出生求學直到日本政府投降，自留學的日本母國，返回台灣家鄉，才意識到自己不是日本國民。

諾貝爾獎得主，前中央研究院院長李遠哲先生，自幼就讀新竹的日本小學。他說，在國民黨接收台灣以前，他以爲自己是日本人。

李登輝總統接著說，排名第二順口的語言，是在家裡說的台語，接著國語啦。我忘了，他有沒有說英語排名第四。李登輝接著解釋，他是台灣「光復之後才開始學著說國語」，不像日語、台語那樣。

現場人，鬆了一口氣。我猜，大部分的記者，特別是陪同的官員，和我一樣，害怕他們聽到的會是一個明顯的政治白色謊言。

我注意到了他的回話底下，暗藏的玄機。

李登輝要台灣人不再戴著國民黨近半世紀以來，全盤排日政策的枷鎖與面具。做自己，是台灣人脫除政治包袱的第一步。李登輝選擇承認表白自己的世代，是日本人認同的世代，說出了大部分同時期台灣人的心聲。

他的廣受老一代台灣人士的支持與愛戴，就此確立。

坦誠、直率、不鬥心機。很長一段時間，台灣各界從李登輝總統就任前一兩年的談話，如此解讀他的人格特質。

順勢操作的李登輝理解他與國民黨人不同的魅力，他運用了這個被認可的特色，逐漸放送測試他的政治主張，「台灣人當家做主」的高昂情緒。

對於反台獨的國民黨元老派來講，李登輝從選擇往訪新加坡起，就暗藏著引導台獨，或者獨台的炸藥引信管線。

那次星國行，光彩返台的記者會上，李登輝拋出一句留傳十數年，成為經典的談話。這是關於新加坡電視、報紙報導李登輝的訪問時，使用的「來自台灣的總統李登輝」的稱呼。

「我不滿意，但可以接受。」

報紙斗大標題正面報導了李登輝首度公開「台灣正名」的企圖。此時的台灣，《自由時報》還在奮鬥掙扎，力圖打破政治保護下的兩大報團獨大的報業市場。電視台，無線頻道掌控在國民黨手中，李登輝和他政治利益正在衝突中的同黨人一樣，對於媒體改革，特別是黨政軍退出媒體無動於衷。

民間遊走在法律邊緣的第四台和地下電台則肆無忌憚的擴張。透過地下電台宣揚理念，與攻擊黨政軍控制無線三台，都是當時民進黨人彰顯國民黨不民主、專權統治的重大支柱。

李登輝理解媒體的重要，很注意兩大報系關於他的報導。

聯合報系的日晚報，和中國時報系的日晚報，現在被政治敵意很強的人士，批判點名爲統派報紙，或藍營報系。一九八九初，《聯合》、《中時》都還是超強影響力的兩大主流報團。他們對李總統開明的作風言談，大都抱以正面期待。「不滿意但可以接受」，在這兩報的評論上，是一種彈性的開放，比起王昇、沈昌煥等人主控的蔣經國時代漢賊不兩立的外交政策，令人耳目一新。

李登輝儼然台灣媒體寵兒。

自新加坡返台後，李登輝的聲望節節上升。他順勢逼退總統府秘書長沈昌煥。《聯合報》當時以特稿專文肯定李登輝勇於破舊的魄力。接著，事前保密極佳，李登輝突然宣布，將指派財政部長郭婉容率代表團參加八九年四月下旬，在中國北京舉行的亞洲開發銀行年會。新聞界在愕然中歡呼；民眾也對新任總統一波波的創新作爲，充滿期待。

沒多久，認同問題爆發，李登輝與媒體的蜜月期，開始出現裂痕。之後組成非主流反李勢力的國民黨老中青代，暗中集合議論，他們強烈懷疑李登輝的彈性、開明與外交上開展空間，突破保守作風的種種，是要推動一國兩府政治試金石，是台獨的第一步。

台灣爲正式會員國的亞洲開發銀行，在中國要求入會後，中華民國爲名稱的會籍，自一九八〇年代前期起，就變成敏感政治議題。每一年，我國的中央銀行總裁，總要率團與中共代表打會籍戰。我本人就以記者身分參與過四輪這樣的年會。

一九八九年初，北京風起雲湧的民主火苗，正在延燒，誰都沒料及當年的六月四日，發生了慘絕人寰的天安門殺戮事件。

這一年，老布希總統指揮美軍進攻突襲佔領科威特的伊拉克。蘇聯領袖戈巴契夫展現了破除冷戰的企圖心，一九一七年起，赤化世界三分之一的蘇維埃主義共和國聯邦瓦解，柏林圍牆拆倒，東西德統一，東西對抗結束。

自此，美國的競爭大敵蘇聯分崩離析，確立了美利堅合眾國世界第一的地位，至今還無他國足以挑戰。

一九八九年新加坡之行，及指派郭婉容赴北京出席亞銀年會，現在回顧，也是台灣認同公開啓蒙的紀元年。

對於戴著中華民國國名，人口結構大都是中國移民而來，以台灣人自視的台灣本土人民而言，台灣一直被國民黨黨國教育精神奴役，只不過是蔣介石光復錦繡河山中國大陸的跳板，號稱爲「復興基地」。政治反對者批評蔣介石統治台灣期間，無心於台灣長治久安的建設。他們指出，造就台灣經濟奇蹟的基礎建設，如水電、鋼鐵、石油、石化、鐵路、公路、電信和醫療等設施，百分之九十以上，是日據時代的工程，國民黨接收團隊負責接收而已。

蔣經國出任行政院長之後，台灣的十大建設展開，才是國民黨政府推動基礎建設的重大起步。台北市的捷運地下交通系統遲至一九九六年，正式開通第一條線，比起巴黎足足晚了一百年，也成爲國民黨蔣家政權疏於台灣重要建設的喜悅中的遺憾。

李登輝細緻運作推動台灣認同，不是沒有警覺到保守力量的反彈。他重用宋楚瑜，指望宋楚瑜穿梭、調停與協商國民黨內各方既得利益者，降低守舊派的頑抗；另一方面，他對自己的民氣可用，很有信心。

他知道，支持國民黨的兩大報系渴求改革的企盼，他擺出了改革者的架勢，也同時降低了蔣宋美齡與蔣孝勇對他崛起快速的不滿和抵制。

對待蔣家人，李登輝深知蔣孝武與弟弟孝勇長年不和，也明白現在改名蔣孝嚴的章孝嚴、章孝慈兩人蔣家庶出第三代的身世，博得台灣社會普遍同情。他拉攏孝武，用他抵制孝勇對自己的不友善。他提拔蔣孝嚴做外交部長，表面上是報蔣經國的恩，實則也是設法將台灣人感念蔣經國總統的情緒移轉於自身。

二〇〇六年我和李先生一次討論國民黨內人才事務時，李登輝毫不掩飾他對蔣孝嚴的評價，「他有什麼能力做外交部長，要不是他的爸爸的關係！」說這話時，李登輝嘴角上揚，滿面瞧不起蔣孝嚴的樣子。

他沒想到的是，一國元首用人做事，忠於人民至上，爲一己報私情或其他謀術考量，也不會得到後世尊敬。

李登輝的台灣認同牌，很諷刺的，其實，在不少政治專家的評斷中，反而保障延長了國民黨的執政命脈。這也是蘇志誠多次爲李總統遭外界批判時所做的辯駁。

蘇志誠的意思，一個不能認同台灣，和台灣人民一同向歷史討公道、討正義的後蔣經國國民黨，必然無法獲致一九九六年首度民選總統勝利，甚至很可能在一九九六年以前，就被民主浪潮爆發的台灣人民力量推翻下台。

二〇〇〇年國民黨爭逐總統大選的連蕭配敗北；二〇〇四年連宋黃金組合仍無法獲勝，

關鍵點，終於在二〇〇七年五月二十五日《中國時報》一版頭條的獨家報導中，露出端倪。這則消息指出，國民黨在黨綱的記載中，將加入台灣認同的字句，並且降低統一的意味。

各界反應多半肯定國民黨的台灣本土化作爲。《蘋果日報》社論在第二日的社論中，以「國民黨修黨章，高明」爲題做的評論，很具代表性。

馬英九爭取到國民黨總統選舉候選提名後，各項民調顯示，他與民進黨候選人的競爭，施政能力無法大幅領先，以及台灣認同，或者，一般學界喜歡使用的「台灣本土論述」不夠深入，是重要弱點。

馬英九的競選幕僚，及國民黨黨主席吳伯雄等人，明白馬英九如不能在有效期間內，提出讓大多數選民屬於台灣本省籍的台灣社會全面深深感動，愛台灣、願意爲台灣奮鬥而不受中國牽制的訴求，可能還會讓國民黨嚐到再次失敗的苦果。

強化台灣認同論述，從馬英九回溯到李登輝一九八九年的多番區隔台灣與中國的努力，面對遭開除黨籍的李前主席，國民黨現在的當權派，也許應該感到慚愧。

北京那次亞銀年會，一開始聯合報系十分支持。報社的編輯立場，是反台獨，要民主，加強兩岸交流。台灣的政府閣員率團赴北京與會，符合此一原則。

可是，當郭婉容部長出席開幕典禮，並未迴避與中國國家主席楊尙昆同一場合現身，並在中國國歌聲中，國旗前面，以獨立國家會員身分，向中國的旗歌致意後，我所服務的《聯合報》長官，質疑李登輝總統指派郭部長與會的秘密任務，是要藉著這次會議，造成台灣也是一個獨立主權國家的事實。

當時，在台灣，立法院集思會成員黃主文、林鈺祥委員，提出一國兩府台灣政治地位說，被認爲是配合演出。

我們的報導，演變成新國民黨連線引伸批判李登輝的中華民國忠誠度的依據。我是奉派隨行採訪的記者，卻也牽連入炮火，遭到本土派報紙《自立晚報》以三版整版版面攻訐。這也算是延燒至今未熄的媒體意識型態之爭的開端。

李登輝主掌的總統府，從此即與《聯合報》陷入戰爭似的關係。到如今，雙方仍存著超越專業的對立仇恨。

從北京回台後比對我的報導，與報社評論，我發現，當我一本正經質疑郭部長說謊，其實她是奉命主動參與中國旗歌致意場合，凸顯台灣與中國各爲主權會員國的事實眞相時，報社評論者關注的，則是此一政治動作代表的更大意含。老實說，我是外交記者，對於主權獨立等議題，還沒那麼突顯的敏感神經。

我服務的報紙內部若干重要主管，一方面懷疑李登輝有幹掉中華民國的意圖，另一方面，也有被李登輝欺騙的憤怒。

原來，在推動中國與台灣的交流上，李登輝與《聯合報》同途卻不同歸。

這樁公案，我曾請教過李總統。好幾年以後了，他才承認，那次指派本省籍的女性財長郭婉容赴北京，就是要凸顯台灣的主權國家地位。

儘管國民黨內大老與中生代黨員，已警覺到李登輝的「偏離」該黨一向的統一主張，民間卻給了李總統掌聲。

第二年，李登輝主導廢除戡亂時期，及憲法中的臨時條款，將沿襲蔣家以來中華民國與中華人民共和國敵對戰爭關係，修正爲兩個國家應該保持的正常關係。

接著，政府主導成立民間組織型態的海基會，實質處理兩岸事務；國統綱領、國統會的頒布設立，安撫守舊統一派勢力的反撲。

人事上，連戰，台灣人出掌行政院長，代表台灣人終於出頭天。

接著，廢除台灣省，總統直接民選以及修憲，和接受日本作家司馬遼太郎訪問，說出台灣人的悲哀，台灣人百年來無法逃脫外來政權統治的感受，在國民黨黨內引起軒然大波。

國民黨之外，台灣基層民間，李登輝說出台灣人眞心話的共鳴，卻悄悄發酵，直到二〇

○○年政黨輪替，國民黨失去政權，李登輝雖遭國民黨驅逐，卻成為民間尊重的台灣國父，台灣之父，或者獨派人士一度封稱的台獨教父。

二○○六年底，李登輝卻說，他從來沒有說過他主張台獨，台灣沒有宣布台獨的問題。有人說被他騙了。我的看法是，選擇不同的語言和用詞，掀起台灣認同的民意情感，以壯大鞏固自己的權力，一直是李登輝接任總統大位以來的最高目的。

換句話說，台灣人出頭天的情緒，台灣人憎恨國民黨高壓恐怖統治的集體記憶，十餘年來，是李登輝的權力救命丹。

他口中貪腐沒有羞恥感的陳水扁，運用的是相同的藥方。

李登輝到底有沒有為台灣改名台灣共和國，或者提出新的國歌國旗，做好犧牲生命、權貴地位的準備？

獨派人士中，有一群被譏諷為7-Eleven台獨派的有錢人，他們圍繞在李登輝先生身邊時，看到的是功能性光環，還是理想實現過程的拋家棄子散盡名位與財富？

台灣的今天，是台灣人爭取來的；台獨信仰的自由和尊崇，是民主國家人民的權利。台獨教父，不是一個個人，是台灣人民的痛苦血淚與悲哀壓迫的總和。

當李登輝權力私慾過高，過度反覆，被台灣人看穿，剝奪了他台獨教父稱呼時，是台灣人民向前大跨一步的幸運。

《自由時報》所謂的扁李位移，李登輝的獨派教父地位，由陳水扁轉接，只是權貴野心者的一廂情願，卻不會深植在台灣人民的心中。

因爲，經過省思、啓迪，即使是深綠選民，也不一定相信阿扁的清白；深綠的老一代，則體認到，李登輝十二年榮華富貴，及卸任後不肯放棄的政治舞台，是他們輸送的力量的滋養。足夠了。

國安秘帳，誰污染了殷宗文的正直？

這一個台灣社會耳熟能詳的帳戶，究竟抖露了多少政治高尚與黑暗的眞相？

我對國安秘帳的理解，除了《壹週刊》、《蘋果日報》和各主要媒體資深記者揭發的眞相，及張友驊先生不同電視、廣播節目訪問談話，我個人能力範圍內的資料搜集之外，還因爲私誼關係，獲得了權威秘密內幕。我也閱讀過若干相關政府加密文件。

李登輝總統曾經主動向我提及並說明國安秘帳背後進行的明德專案，對台灣國際關係支柱穩定的重要。特別是「美日安保條約」簽訂時，加列的台灣周邊有事，依條約精神，美日兩國有義務予以保障安全的附註，對台灣備受中國武力攻擊威脅陰影的消除，極有助益。

中國政府對此一條文之介意毫不保留，幾近憤怒，可見一斑。

李總統很在意國安秘帳被當成公款私用，或者與陳水扁總統的國務機要費遭挪用，甚至以總統家人、親信購物發票報銷一事相提併論。他對於因國安秘帳被羈押起訴的國安會前會計長徐炳強感到不捨，爲他抱屈。

老先生還說，爲了替徐炳強洗刷冤情，他次次出庭都爲會計長講話。

這次談及國安秘帳的會面，也在翠山莊。老先生的上衣，是菲律賓男士經常穿著的白色外套式，袖口與胸前鑲同色繡邊的高雅襯衫。他的臉色很蒼白，是肺結核復發後，服藥的緣故。

這種強效治療肺結核的西藥，有很明顯的副作用，會使病人虛弱、發癢。李登輝毅力十足，他以筆記比對紀錄，研究藥物不同組合，對自己身體的影響，再和醫生討論，如何調整用藥。

我很動容。

李總統的認眞、意志力和做任何事都全力以赴的個性，不因年長而有鬆懈，是我所接觸過的知名人物中少見。

我認識的企業家王永慶先生約可媲美外，近來閱讀英特爾公司前執行長，超有名的葛洛夫先生口述的傳記，中文翻譯爲《活著就是贏家》一書，讀到葛洛夫得知罹患攝護腺癌及巴金森症，不畏不懼，細心研究病情，找出對症下藥治癒良方，並成立基金會提供社會大眾做參考資料。那種態度，與我那天眼前看到的李總統十分相似。

前陣子，電視台拚命在郭曉玲和夫婿的富豪婚宴上搶收視率，週五，五月二十五日早上，出人意表的新聞，是郭小姐的台灣首富父親郭台銘先生，為了承諾幫忙解決流浪狗問題，親自巡訪流浪狗處理中心，還與台北縣長周錫瑋會談討論。

這樣連小事都專注認眞的精神，從李總統擔任副元首時，我有親身感受目睹的多次經驗。

說完服藥的反應後，李總統談到國安秘帳。

比對我兩度親眼讀到李總統簽字的加密公文，我相信，國安秘帳與帳目，李總統、殷宗文及重要部屬，並無公私不分之疑慮。

換句話說，那麼一大筆錢，數十億的總和，總統與少數親信幕僚運作，情治單位保管，基本上，李登輝以總統之尊，禁得起考驗。

當然，他使用的秘帳專戶金錢，換來了台灣國家安全保障，中華民國總統地位確認，也推升李登輝個人聲望與政治領導層次於最高點。李登輝本人獲得的益處，無法與台灣同胞、中華民國這個國家區分。這些錢，是台灣人民納稅錢的積累，毫無疑義。

至少，他沒有將可以任意處置的鈔票，爲自己妻小購買奢侈品。這是李總統的自豪。

爲了保護將我視爲好友的前政府官員，我的消息來源，我不能透露他們的名字。爲了不贅述已流傳外界的事實，對於國安秘帳的來龍去脈，我也不再仔細陳述。

我能透露的是，這筆被稱爲國安秘帳的大額金錢，在營建台灣、美國與日本的秘密友好關係上，發揮了超級有效的影響力。由台灣的國安會主導的台、美、日三邊會談，全面受指令於總統府最高領導李總統。透過對口單位中的可信賴重要個人，李登輝總統和日本的首相，已故世的橋本龍太郎及美國總統柯林頓，都有文書和訊息上的直接溝通。

「這是殷宗文先生功在國家的重要明證」，一位感念殷宗文建立國安秘帳金錢支援的明德專案，指揮吸納人才，部署推動台灣與各主要國家秘密交往的前政府要職官員，回憶明德專案成員的任勞任怨，和金錢無法計算的成就感時，感慨萬千。

我是看了李登輝總統親筆簽字，記載柯林頓及橋本政府回應的公文書等，才願意相信，明德專案背後，對台灣、中華民國帶來的大公無私。

錢是怎麼用的？錢的分配，各外國政府及相關人士的收受，我沒有追問。不過，每一筆支出，事前都有公文簽報任務內容與執行計劃。事後，有單據的以單據報銷；沒單據的依總統及小組通過的任務公文，一一核銷。

每一任務都有代號，比方明德、奉天、當陽等，不可能有假發票出現，也沒有假發票的必要。

無發票的部分，有任務公文編號等白紙黑字對證。這也就是李總統對於陳水扁總統的國務機要費說不清楚，竟然要找發票做假，不以爲然、公開多次指名抨擊的原因。

「美日安保條約」納入台灣周邊有事，是長久耕耘而來的成果。李登輝總統、已病逝的國安會秘書長殷宗文先生，及明德專案成員，他們辛勤設計、穿梭努力建立的多邊交往終未白費，雖然只能放在心內，也是驕傲的公職生涯紀錄。

國安秘帳，源自於殷宗文簽報李總統，一筆國安會保管的公費，無法退還公庫，建議集合處理，進行秘密重要情治外交任務的公款總和。李總統同意後，所命名的臨時編制組合，各種機密公務等，由國安會秘書長殷宗文主管，殷宗文調職後接任的丁渝洲繼續主導。他的表現也十分稱職。

美日台三邊關係之強化，稱爲明德專案的工作重點。南非政府借用國安秘帳撥付的款項，也已公諸大眾，用的是另外的專案名稱。

我的了解，在台灣與中國關係的抗衡，台灣國際活動的保障上，明德專案的對美工作成效，可說是保住了台灣的命脈。其中，一九九五到九六年，中國共產黨近乎瘋狂的導彈危機中，美國政府指派獨立號，及尼米茲號群航空母艦行經台灣海峽，嚇阻中共進一步舉動，明德專案的遊說管道，發揮了功能。

美國學界民間，曾有傳言說，「尼米茲號是李登輝用錢買來的」，惡意背後，是不是中共當局的抹黑？或者眞的與明德專案使用國安秘帳帳戶內的錢有關？我無法查明。

我的看法是，要看「買」字怎麼解釋。

一九七九年美國卡特總統與我國斷交，爲了遊說美國國會通過友我法案，蔣經國總統交給駐美外交人員裝滿全新美鈔的〇〇七手提箱，說明了一切。

我了解的是，柯林頓政府時代的美國，雖然曾在柯林頓訪中國時，在上海發表新三不，並未從台灣主體利益出發；總體上，對台灣的友善，實惠而口不至，利多於弊是事實。一九九六導彈危機期間，出手護台之外，李登輝一九九五年六月的美國母校康乃爾大學訪問，發表公開演講，個人聲望達致高峰，跟明德專案工作的努力，也直接相關。

外界很多人以爲，這是國民黨財務總管劉泰英聘用美國公關公司，朝野遊說之功。其實，劉泰英吹噓的成分較高。

那時的外交部長錢復，在我訪問他，提及泰公是否有功時，一時情緒無法控制，毫不忌諱的批評劉泰英是「一個壞人」，講的應該確有所本。

如果康乃爾之行，也跟明德專案的進行，國安秘帳公款支出的有效使用相關，又如何分界金錢的善惡、是非呢？這與李登輝後來深深相信金錢萬能的領導學是否有關？

從李登輝總統的立場看，國安秘帳各項專案的金錢運用一切爲公，爲台灣。他未擅自將可以不受監督的公款納入私囊，就是清白。

我傾向接受國安秘帳未入個人私囊的辯駁。但是，台灣綜合研究院，李登輝卸職後得以政壇再起的基地，支用了兩億元國安秘帳帳戶內的公款，已證實是事實。李登輝始終沒能說清楚。他也未能正大光明面對女兒李安妮擔任台綜院副院長，何德何能的質疑。

那筆錢，公開的資料是說，國安秘帳轉借外交部款項，由外交部歸還時，劉泰英先生向殷宗文秘書長攔走了兩億元。說是要設立台綜院之用。

這公款私人智庫使用的消息，各界譁然。李總統接受鄒景雯訪問時，曾承諾要設法返還，至今是否實現，不得而知。

另一方面，諸多實證顯示，李登輝並沒有用相同的標準，要求對待他所管轄其他與公家鈔票相關連的重大事務。

比方，國民黨所擁有的中廣公司所在地。他批准劉泰英主持將之出售給友好的建設公司，價格有低售之嫌外；後來偵辦劉泰英涉罪嫌，檢調單位調查的結果，向劉泰英收購這批高價地，現在建設了豪宅帝寶的建設公司，曾支付至少鉅額款項，給國民黨做爲回扣。李登輝堅持未沒入口袋；但是，這筆錢也被懷疑遭劉泰英中飽一部分之後，交給成立台灣綜合研究院的籌備單位。

劉泰英以國民黨財務委員會主委身分，一人之下、千人之上的地位，還主導了多項政府召集公營銀行，包括歷史悠久的合作金庫，協助民間企業界度過難關的紓困政策。

事後調查顯示，這種由公營行庫支付的紓困低利貸款，居中協調的國民黨幾乎沒有一筆不收受回饋，即是佣金或者一般通稱的回扣。

這些被紓困的大中型企業人士中，有人倒債不還，最後由人民納稅金沖銷呆帳；那些奉獻給李登輝領導的國民黨的回饋金，台灣人民的血汗錢，一去不回。

知名的企業家陳由豪債留台灣最有名。他交給宋楚瑜一億元新台幣支票，被宋楚瑜存在兒子名下的銀行帳戶裡，引發國民黨人二〇〇〇年總統大選競選時期，連蕭陣營攻擊宋楚瑜最有名的興票案。宋楚瑜如日中天的政治生涯，自此一點一滴消耗至二〇〇六年十二月九日，台北市長選舉投票日歸於塵沙。

陳由豪的大筆銀行借款，多半透過與他關係良好的國民黨李主席系統運作。這一億元，以邏輯推論，代表著還有好幾倍的台灣人民納稅金，透過回饋方式，五鬼搬運給李登輝利用國民黨的名義使用了。

李登輝卻依然深以他未將公款挪用自身而自豪。

如果不是殷宗文把守那筆神不知鬼不覺的數十億「反攻大陸」基金；如果不是殷宗文率領的國安會執行明德等專案的部屬，認眞登錄檢查每一筆金錢的支出；如果，殷宗文身旁的出納會計像陳水扁總統的屬下一樣，以假發票報銷根本不必向立法院或任何單位報銷的公款，歷史，會責怪李登輝的不清白嗎？

殷宗文向李總統報備國安秘帳前身的大筆鈔票時，任職國安局局長。當時，除了少數國安局高層，知曉這一筆蔣介石總統時代要求國安局存下的反攻大陸基金外，新接任政權的李登輝團隊一無所知。

這筆錢，以各種方式保存著；美金爲主，還有德國馬克、黃金金塊、美國政府債券、小型可便於攜帶的黃金戒指等，在利息支付累積後，總價值達到三十億元以上。

沒有人知道殷宗文向李總統說明這些私房錢時，李登輝總統的表情。據說，他最初指示，繳回國庫。但是，法制上，殷宗文說沒有基礎。

接著殷宗文提出，成立個別帳戶管理這筆錢。這就是國安秘帳帳戶的來源。

帳戶款項支付的，以取名爲「專案」的計劃，推動與國家利益相關的秘密外交、國際活動事務爲主；每一筆支出，都有一個總統核准的特殊任務公文報告書和任務編組名稱。

如果不是劉冠軍挪用這個帳戶內的公款玩股票牟利，事發後捲款逃逸至今下落不明，據說，國安秘帳的秘密，不會公諸於國人，接任總統的陳水扁總統，仍然擁有一個可以自由運用的帳戶，進行對國家有利的行動。這是一位運作明德專案的內幕人士的感嘆。

我替殷宗文先生嘆息。

我認爲，台綜院、李登輝、李安妮與國安秘帳之間的利益糾結，污染了殷先生處理國安秘帳的正直。

賴國洲私買台視股票，李登輝明知故縱？

「賴國洲私買台視股票，罵扁黑金的阿輝伯不講話？」

「大話新聞」的這則標題，曾讓我觸電般錯愕了短暫的數十秒。

賴國洲自取其辱。

李登輝明知故縱？

值得追問。但是，一家標榜深綠訴求的電視台的政治談話節目，如此赤裸裸不留情，要脫光李登輝總統近幾年來，足以自豪於民進黨總統的最後一件衣服？我還是有些婦人之仁。

尤其是電視鏡面上，一位年輕人，代表謝長廷陣營做發言人的台聯前高雄市議員趙天麟，當他露臉時，那一行斗大的標題字，就映在他的胸前。

一同和主持人痛批李登輝與賴國洲的名嘴，還有陳立宏等人。陳立宏和我，曾應李總統的名嘴宴邀約，與金恒煒、楊憲宏、黃光芹等人，一同聽老先生談他對政局的評論。好幾次，大話的常任來賓，流氓教授林建隆也是李總統的坐上客。

這天的「大話新聞」，是近半年以來，也就是阿扁恢復權威以來，該節目又一次公開向阿輝伯開戰了。

之後，民進黨初選，爆出黨內被形容爲刀刀見骨、血肉模糊的媒體戰。

三立電視台與謝長廷特殊友好關係被批判，國民黨立委江連福調出行政院預算，揭露了謝長廷任閣揆期間，曾由新聞局支出總計近千萬元公款，也就是老百姓的血汗錢，買下「大話新聞」時段，爲行政院做「政令宣導」。節目的名稱，很清新可人，叫「向人民報告」。我的腦海中一直紀錄著這幾集戶外形式的「大話新聞」。主持人光天化日之下，緊坐在謝院長身邊幫腔，電視畫面上毫無顧忌。

奇怪的是，二〇〇七年三月二十日前後，爆出賴國洲不知利益迴避，以職位之便企圖用小錢吃下台視，遭行政院解職醜聞時，這一電視節目批賴國洲的另外一方面，是有支持蘇貞昌對損賴國洲的意思。後來，謝、蘇競爭初選總統提名人資格，「大話新聞」節目又毫不掩飾的爲謝長廷痛殺蘇貞昌。

我親眼追蹤著這筆帳，無法以專業或社會倫理等，我們習慣的名詞看待這樣的媒體工作觀點。

之後，一位新聞界的男性名嘴，在另一家也是被批得體無完膚，《蘋果日報》社論說是身敗名裂的談話節目上，替他認識的朋友，「大話新聞」節目主持人辯護時說，這位主持人從來沒說自己是媒體工作者，「他是藝人」。

那麼說，這個將李登輝最後一絲驕傲剝得一乾二淨，標著「罵扁黑金的阿輝伯不講話」的節目，只不過是綜藝搞笑？

更有意義的比對，可以發現，就在差不多同時期，《自由時報》的特稿，出現了「獨派領導人，李扁位移」的報導。

《自由時報》，據其他媒體透露，對取下台視主導權，十分感興趣。鄭文燦，前任新聞局長的辭職下台，就是被賴國洲約來的日本富士電視台人士指控，曾當面強烈指示富士，將持有的台視股權賣給《自由時報》。

那天由鄭局長做東的餐會，《自由時報》人稱阿公，很受尊敬的董事長吳阿明先生也在座。幸好，阿公當日曾對鄭局長近乎施壓的話，表示出羞恥的意思。到底是一位受過恥感文化薰陶的長者。

《自由時報》後來刊登聲明，表示從未藉政府勢力爭取購買台視。

這都是三月以後的事了。《自由時報》財力雄厚，人才也都齊全，卻在取得競標資格後，因出價不如另一家非凡電視的代表，敗下陣來。

有報導說，賴國洲是實質的勝利者。

競標揭曉當天，我特別轉到三立新聞台的「大話新聞」節目，沒看到有再批評賴李的標題。

藉女婿聲討阿輝伯那天，這個節目的下半部，設定的標題是：「公布呆帳大戶，請問李總統黑金誰造成？」

意思是，半斤八兩！老先生還好意思再批扁貪腐嗎？

我注意到，這樣以深綠選民爲主觀眾群的談話節目，不遺餘力摧毀李登輝的清白時，台北市長選前尊李，切割阿扁不遺餘力，得到所謂選得不錯結果的謝先生，並未出面爲被綠營打成落水狗的李老先生說好話。

台聯的立委羅志明，曾經公開支持謝長廷選總統。高雄政壇都知道，趙天麟是謝先生擺在台聯的棋子，落選了又回去謝的團隊，毫不念舊情。

羅委員或其他台聯人怎麼想？這樣的政黨改一百個名字又怎樣？

以綠營選民爲號召的台聯，蹧蹋至此，如何翻身？

「大話新聞」替阿扁報了李登輝的仇，和三立新聞台被揭發的不少政府委託出錢辦事的案子，是否有關，我不敢說，我只知道，乾淨的政治，靠正氣，但有風險有痛苦；污髒的政治靠「資源」，尤其說通媒體名嘴和熱愛大筆鈔票的主持人，更要靠「資源」。依照沈富雄先生的說法，是「價碼」。

「大話新聞」節目清算老李的畫面，就算與價碼無關，卻難免有替阿扁鬥爭老李的聯想。

然而，台視案，到底是不是看穿了李登輝清白自稱的國王新衣？

先看賴國洲何德何能入主台視？民進黨上下都知道，台視的人事，唯陳水扁獨尊，若非阿扁點頭，天王游、謝、蘇等，即使貴爲閣揆，也不敢妄想調動該台高層職位人選，特別是與李登輝關係密切的萬年董事長賴國洲。

我認爲，賴國洲以職務之便吃下台視日資手中的股份之前，阿扁沒動手拔掉賴國洲，一方面顧忌李的勢力；另一方面捉不到具體事證，只好等待。

行政院出面撤除賴國洲的政府代表人董事長資格，有著三立、《自由時報》等綠營媒體加持，基層並無護李之聲，才是阿扁終於出手的主因。

陳水扁總統情報靈通，鬥爭李登輝總統時機掌握得精準，又創下一沒人能比的紀錄。

李登輝與綠營的關係，在阿扁操作拉攏獨派大老，和獨派社團及名嘴學者，底定基石之後，二〇〇七年初的二二八紀念活動，綠營選民集會中，李老先生出席，台下噓聲四起，接著上場的阿扁，卻招來如雷歡呼的場面，看在權力精算者眼裡，了然於心：李登輝時代完全結束，阿扁的陰影從此消除。

此時此刻，李登輝的女婿不知節制，還想靠著老岳父的剩餘價值，爲自己掌控台視資源進行部署；李老先生竟然明知故縱，不加以制止，說嚴重了，還不是共犯？

賴、李的行徑，明明白白是想藉機吃掉台視，老實說，這跟公款私用的國務機要費涉貪案，有何相異？老先生又怎能大聲自許比阿扁高尚？這些推理邏輯，就是「大話新聞」主持人和來賓，可以理直氣壯痛宰李登輝的批評基礎。

阿扁有了揭開李老先生的女婿不比自己的女婿高尚多少的機會，除了出一口氣之外，心底深處，不知還有多少外人想像不到的報復快感。

清白，是用比較的嗎？李總統不是曾經極度自豪的揚言，金錢問題，他絕對沒有模糊地帶？台視釋股案的利益衝突，比金錢還不能有模糊地帶。

《蘋果日報》的評論專欄作家，筆名司馬文武的江春男先生，在他的專欄中，曾經表示，李登輝總統比起陳水扁，他的第一家庭成員在十二年執政時期，未曾爆發遭誘惑掉入重大金錢紛爭陷阱，是李總統高明。文章沒指出的是，李登輝設置防火牆的本領，更高段。

紅衫軍倒扁運動期間，被認為親藍營的電視新聞台中，還有一家頻道，特別以李登輝先生的大女婿，來自馬來西亞的一位醫生，低調不為人知的身分，對照凸顯了陳水扁總統的女婿趙建銘涉案遭起訴的不堪。

我的記憶所及，在李登輝總統如日中天火紅權位在握時，媒體及政界反李聲浪高漲，揪出他的太太、女兒、女婿甚至孫女指責的大有人在。

李總統夫婦小名巧巧的唯一一位內孫，中學到國外就讀，就曾被罵成是總統對台灣教育制度不信賴，如何讓一般老百姓安心，將自己的孩子放在自己的國家接受教育？

李安娜，李總統的長女，也就是馬來西亞華僑女婿的妻子，赴中部開辦雙語貴族學校，鉅額資金的來源，也被新黨的立委一一點出來追問。後來有證實的消息說，那些錢，部分來源，是李登輝任主席時的國民黨黨庫。

賴國洲是政大新聞研究所博士班畢業的傳播學博士，李氏王國時代，他主掌新聞評議會做秘書長，被看成是特權頻頻遭批。反李人士不滿的罵叫聲，還言猶在耳。

李總統夫人所遇到她本人形容此生最大的委屈，是馮滬祥和謝啓大兩人在二〇〇〇年總統大選，國民黨敗陣後，公開指控，她帶了美金現鈔八千萬企圖闖關赴美遭拒的故事。

這一案子，李夫人以誹謗罪將馮謝告到法院，官司最後定讞，李夫人勝訴。但是，我的不少深藍陣營的朋友，依然相信確有其事。我說破了嘴分析都沒有用。

這一點，我對李夫人有信心。

低調的李夫人曾文惠女士，我與她自副總統夫人時期，就因公務，或私下拜訪，而有見面機會，但一直是君子之交。

有一次，我派駐香港回台，請蘇主任轉送一盒半島酒店的巧克力糖，向夫人致意問好。沒多久，有一機會赴官邸做公事訪問，離去時，李夫人刻意將我拉到一旁，交給我一個提袋。回家後，我發現裡面是一只德國名牌的黑色手提包。

去年，好幾次赴翠山莊，沒有碰上李夫人，我關心八十歲的老太太健康狀況，帶了一瓶香水表示關切祝福之意。隔一回，再去，李夫人請李總統轉交我一個十分典雅的米白色手提包，說是我基層訪問時，用得到。她還轉話要我注意身體。

這些種種，雖是我個人與李夫人的接觸，微不足道，卻也能以小看大。我認爲，李總統的妻子，絕不是一位貪婪的女性。政治權位上，她的先生李總統對她的「管束」，赫赫有名，不許她介入政治是非，也是事實。頂多，李夫人以一個台灣女性的身分，向總統丈夫傳達若干老百姓的心聲。

這方面，與聲名幾乎已是狼藉不堪，又遭貪污起訴的陳水扁總統夫人吳淑珍相比，李總統的歷史評價，確實要感謝夫人的節制。

關於前第一夫人曾文惠女士的負面報導，李登輝任內不是沒有。我就曾聽一位總統府高階主管私下說，有企業界夫人贈送紅寶石戒指給夫人，這位官員當場目睹，心頭震撼。之後，官員調離總統府，與李總統夫人的接觸也減少了。

我無法查證這一說法。李夫人收受禮物，不是不可能，以她與我的交往模式看，她不是一個貪圖小便宜或者不知禮尚往來的女性。一位相熟於李家的人士跟我分析，李夫人受日本時代教育長大，她應該是耳濡目染了日本人民喜好送禮，有來有往的習慣。要說利益交換、對價關係，可能性不高，而且以李總統的性格，也不會任令她越權指指點點。

「這樣看，李總統做丈夫，比陳水扁成功得多。」這位與阿扁也長期有來往的評論家，很同情阿扁管不了太太的「無奈」。

既然如此，為何在遠離政治核心七年後，任由女婿賴國洲私買台視日股而破功？

蘇志誠掌控大權，李總統對他言聽計從時期，蘇志誠與賴國洲不對盤，兩人相處不睦，十分明顯。現在回顧起來，蘇志誠對賴國洲的不假辭色，及對外阻擋賴國洲施展影響力，倒是替李總統家人保住了不少清白的空間。

只不過，女婿到底不是自己的兒子，如何約制管教，面對像「大話新聞」這樣的節目的指控，李老先生難言的苦楚，恐怕只好往肚子裡吞。

或許，賴國洲背負了太多駙馬爺的包袱有志未伸？台視釋股案，不論多複雜，賴國洲和老岳父有多大外人不能理解的委屈，總有一個社會觀瞻上的評價。

自視甚高、大氣自期的李總統不會不明白，也不會不知道，這對他的歷史定位、蓋棺論定，多少有衝擊。

這使我想起了與李登輝先生知交，最後翻臉變陌路的新加坡強人李光耀先生。他與兒子購買房宅，獲得優惠遭揭發，震驚當時的新加坡全國上下，也令國際訝異。後來，李光耀繳回優惠金額，結束這場醜聞的擴大，卻始終成了李光耀家族的瘡疤。

李登輝也以此爲例恥笑過李光耀。

將心比心，賴國洲與台視，會是李總統不光榮的瘡疤嗎？

三連任？李登輝曾經心動的美夢？

這是一個相當諷刺的題目。

二〇〇六年民進黨的陳水扁總統落入遭罷免危機時，不少以綠營支持者自許的人士，紛紛懷念起前任總統李登輝了。

他們說，「國民黨固然可惡，啊嘸溝，『顧面桶』時代，人家做官的吃肉，咱老百姓還是有湯喝。」

現在呢？「肚子扁扁，還要我們選阿扁！苦啊。」

如果，二〇〇〇年之前的一九九九年，藉著修憲，賦予已經做了十二年總統的李登輝老先生再次競選總統的資格，台灣人的命運，會有什麼不一樣？

到底，李登輝前總統在他大權在握，政治操作技巧被當成特異功能般討論時，有沒有一絲一毫的念頭，想要再做四年，競逐第二屆民選總統？

李總統接任病逝的蔣經國所遺兩年半總統職位後，一九九〇年，依憲法舊有規定，由國大代表間接選舉，和他選擇的李元簇副手，搭檔獲選出任總統，一任六年。

其間，國民黨爆發主流、非主流之爭，李登輝主導的主流派向非主流的大將郝柏村釋出善意，任命他出任行政院長，非主流派瓦解。

李登輝在九〇年野百合學運、刑法一百條修正及街頭農漁民抗爭，和國是會議等台灣民主熱潮的公眾呼喚聲下，成功營造民氣，運用在野民進黨的反對力量，堅持完成結束戡亂時期，終結憲法臨時條款，設立海基會、國統會，公布國統綱領，終止萬年國會等，將台灣脫胎換骨的政治改革。

他將郝柏村的軍頭勢力逐漸摧毀的同時，台灣政壇的總統民選修憲討論，如火如荼。

我當時在《聯合報》擔任採訪主任工作，每一日都要追蹤這一議題的進展。委任直選和直接民選制，暗中較勁。

李登輝始終沒有表示個人的看法。這是他一貫的作風。讚賞他的人認爲，他是謀定而後動。反感的，認定他根本是早晨晚上不一樣，一派謊言、反覆善變，欺騙爲他奔波的部屬與幕僚。

直接民選，在當時的台灣保守派政治人士眼中，有台獨之虞；因為「台灣人自己投票選總統，就是宣稱台灣為主權獨立國家」。國民黨內持此一看法的人，甚至恐嚇說，老共會打來。

一九九六年台灣總統大選前，中共果眞進行導彈試射，換來李登輝在選民危機意識保護下，百分之五十四的高票當選。國民黨脫黨參選的另外兩組候選人，沒能稀釋他的選票；民進黨極受綠營支持者擁戴肯定的彭明敏教授，也無法動搖李登輝台灣人總統的高吸票草根魅力。

一九九一年間，國民黨負責修憲討論的憲政改革小組，決策總統產生的方式，分成兩項議題討論，委選和直選。小組召集人由法學教授出身的李元簇副總統擔任，細節討論由施啓揚與馬英九主導。他們兩位都是法律專家，也都是國民黨不分區國民大會代表。

依照施、馬兩人的說法，好幾次請教李總統有何見解選擇，他都回答沒有特別想法，一切以黨內討論和民意為依歸。

這使我想起，我以小小台北市長台聯黨內提名候選人身分，請問他是不是要我不要參選，他將支持謝長廷時，他面容無辜，一無猶豫回覆沒那回事的情景。

總統選制討論「玩」了好一陣時間，攤牌前夕，突然，國民黨秘書長宋楚瑜，奉命向黨內人士透露，李總統要的是直接民選。

馬英九和施啓揚都被打了好幾悶棍，他們卻都不敢反駁老先生自作主張的程序不民主。這之前，我以各種方法套蘇志誠的話跑新聞，捉線索。他的答案中，我聽得出來，曾經充滿焦慮和不安。顯然，蘇主任是直選派，可是他的主子李總統早先並未表態，甚至很長一段時間沒有傾向支持直選，這讓蘇主任不安。

是身邊另一群李先生的學者小廚房智囊改變了他？或者，事關重大，他不能輕舉妄動？最後結果，是馬英九面對記者詢問時，說出「你們還相信我的話嗎」的名言。

施啓揚，一直認定委選最佳，四處與直選派的民進黨人辯論。後來，也是面對新聞界質疑立場大轉變，他回答：「民意如流水。」

不論是民意、君意，最終議定的台灣人民直接選出中華民國總統的修憲案，給了李登輝第一任民選總統的尊榮。讓他在副手升任總統的兩年多任期後，接著享有了末代國大選出的總統六年任期，再加上民選四年，掌政超過十二年。

近代民主國家中，英國兩任首相，保守黨的柴契爾夫人與工黨的布萊爾，任期很長，也才十年。他們是在內閣制國家，靠政黨國會選舉的勝利，以黨魁身分長年傲居政壇高位。

美國的老羅斯福總統做了三任，十二年，與李總統相當；法國的密特朗十四年兩屆，那是因爲法國總統任期較長，憲法規定一屆七年。他的續任者席哈克，當選後，自廢武功，將總統任期改爲五年。

法國學者說，席哈克是在壓力下屈服的。前後七年加五年，席哈克也做了十二年的總統，與李登輝旗鼓相當。

唯一能打敗李登輝任期的，只有新加坡的李光耀了。他擔任總理一做二十幾年，下台後，還是垂簾聽政。

總統民選修憲，台灣成爲華裔世界中，第一個民選領導人的政治主權實體，李登輝總統也被愛戴者尊爲台灣民主之父，甚至台灣國父。但是，那時修憲規定了直接民選總統連選得連任一次，不得再連任，一任四年，與美國總統任期及兩任限制相同。

沒有處理的，是李登輝末代國大選出的總統任期，連不連屆。

換句話說，若是李總統當選首屆民選總統，他有權利再選一次嗎？

我相信李總統當時不會沒想到這個問題。然而，委選、直選已經攪翻天，我認爲他不想節外生枝；第一屆民選總統的仗都還沒打，遑論下一次。

這是李登輝總統性格中務實練就而成的忍功和耐力。

一九九八年間，李總統任期不受兩任約束的議論，偶爾興起，並未形成強烈話題。我的印象中，蘇志誠主任傳達的訊息，初期，曾有類似「爲什麼不能」的說法。

新聞界中，不少人猜測，李登輝不會甘於下野變平民。老先生不只一次宣稱，他退下總統大位後，要傳教做牧師，宣揚心靈改革的承諾，不少菁英人士表示懷疑。

李總統果然食言了。

再選一屆，卻始終是圍繞在李登輝身邊少數人士的微妙問號。記得一位南部的李登輝派立委，曾經私下大剌剌的請問總統到底要不要再選，若要，就請早點說，他們也會配合幫忙。

總統府方面，卻一直欲語還羞。法律基礎上如何解釋，當時是障礙，有一種能做不能說的味道。民進黨人當時有意推動公投入憲，傳出與李總統方面暗中交易，以公投換總統延任案的算盤。

就這樣，挺李色彩濃厚的本土派基層，蠢蠢欲動，想要推，又覺得師出無門，氣氛詭異。

李登輝總統向訪問他的鄒景雯表示，他從未有過總統任期再延一屆的意圖，對於那年修憲國民大會代表的延長任期，也沒有同意過。

我試圖了解眞相。

事實很難一刀兩面切。誠如李總統本人所言，他是一位機警，擅長築防火牆，保護自己的人。關於是否有意再選一屆民選總統的權力敏感議題，他的計劃與安排都仔細小心，不留把柄。比對不同的資訊和當時的政治氣氛，我認爲，李登輝總統不是沒有動心起念過。

換言之，他私下不是沒有做過合法、合情、合理化他二〇〇〇年再選一次的努力。這是二〇〇〇年政黨輪替以後，才由和李總統翻臉的一位國民大會前高層人士所揭露。

這位人士曾紅極一時，後來因爲一九九九年主導修憲案，阻擋國代延任自肥無功，被李登輝解職以平民怨。

在媒體未引人注意的報導中，這位人士辯駁，他的做法，符合國民黨政黨利益，李登輝將他革職，犧牲他以平息民間批評聲浪，是沒有擔當。他還透露，李總統曾經暗示委託他，設法在修憲過程中，動手腳，將連選不得連任的規定，排除民選以前的任期，方便李總統投入二〇〇〇年總統大選。

這一消息出現的時機，是阿扁甫奪下執政權，聲望高達百分之七十以上的歡欣鼓舞慶祝期，雖然引人側目，但未激起浪花。畢竟，李老先生最終還是交出了執政棒。往昔雲煙，這也不再是記憶短暫，比較注意眼前事務，相對輕忽過去和未來的台灣大部分人民所關心追究的話題。

我卻始終有個解不開的謎。這些年來，有機會深入查證資料，及透過相關與李總統及李總統身邊人的晤談，和察言觀色的回憶與分析，我的基本結論是，李總統應該有很長一段時間並未完全放棄再做四年的意念。這是權力慾，公開的理由，當然是國家改革大工程仍有未臻完善之處。

不過，形勢比人強，李登輝了解不能打沒有把握的仗。最後，放棄十六年總統美夢，將希望寄託於做連戰的指導人，太上總統。

形勢，也是政治局面的改變，對李老先生十分不利。這與陳水扁和連戰的總統大位追逐計劃有關。

一九九八年底，陳水扁參選台北市長失敗，匯結了綠營人士將阿扁送進總統府以求報償的集體願望；李登輝總統若有任何想要在二○○○年出征的意願，情感上很難得到全心投入阿扁總統戰的本土派共鳴，實質上也找不到為他敲邊鼓的台灣派支援，力道不足以出手，只好作罷。

另外，一旁的連戰，自李連配獲選後，早就等著接班。他手邊檯面上、檯面下的連家班，不容許李登輝在二○○○年做絆腳石。

更重要的，一九九六年以後，連戰與蘇志誠已經結成同盟。一心一意要幫助連戰登上總統寶座，蘇志誠暗中技巧排除了所有替李登輝二〇〇〇年開路的企圖，也終結了李登輝再做一屆總統的野心。李先先生下台後，應有所知，只是不方便公開承認他碎在蘇志誠手中的難言美夢罷了。

連戰深得李登輝之心，李先生出任總統後，即大力提拔，到一九九三年修成正果升上行政院長，又藉著李連配，躍登一人之下的副總統；宋楚瑜最爲怨嘆。李總統偏愛連戰，最特別的，還是一九九六年民選總統獲勝後，李登輝竟然不畏眾怒，違反民主運作原則和道德，將備位元首副總統連戰，同時提名爲兼任行政院長。

連戰副總統兼閣揆的雙重權位，在彭婉如案、白曉燕事件爆發後，變成人們發洩對李登輝政府不滿的標靶。一九九七年五月，一場十萬民眾自發性遊行，我也參加了。眼看鐳射光束製成的兩隻小腳投照在總統府大樓牆面，現場一片寂靜。

那時的台灣人，要的是正義、平安與公理，反對總統濫權弄權。沒有藍綠之分的一次遊行。此後，未曾再出現。

那天的遊行，也是否定連戰日。

沒多久，大法官會議解釋副總統兼任行政院長「不宜」。李登輝不得不更換連戰，改派蕭萬長接任。

我一直想不透李登輝因何要犧牲自己的歷史聲名，以所謂獨裁蔣介石時代，陳誠副總統兼閣揆的往例，爲連戰披上雙層權貴金縷衣。李總統沒有細細解釋過這些謎團。直到我問他，他回覆說是蘇志誠用算命的人的說法，讓他相信連戰具有總統天命而上當。

這樣的答案很牽強；可以確認的，倒是蘇志誠力挺連戰，非但擋掉了宋楚瑜在李總統眼前的如父如子親密知音知己之情，替連戰剷除競爭對手，他還搬走了有礙連戰登上總統高位的大石頭：李總統本人投入二〇〇〇年選舉的可能性。

從那位國大高層人士跟記者的訪談中，仔細讀他的談話，可以嗅到蘇志誠從中阻擋的痕跡。

蘇志誠最終還是失敗了。他選擇歸隱於宗教信仰過平民的日子。熟識的老友說，現今的他向佛之心極爲虔誠，早已不談、不問、不看政治。

我無意糾纏歷史的恩怨。只是，政治的面向實在太複雜。二〇〇〇年政黨輪替，台灣繼經濟奇蹟締造政治民主奇蹟，震動全球，蘇志誠的角色，細細探究，比李登輝總統本人似乎更關鍵得多。

經過多年來的近身、遠身和中距離觀察，分析解讀可能獲得的資訊，我也發現，李總統最輝煌榮耀的治理領導佳績，集中在一九九六年以前。九六年以後，黨內接班鬥爭暗潮洶湧，李登輝低估了連戰的權力私慾，更小看了連戰身旁高手們布置吸收黨內勢力的作爲，終於大權旁落。到末才警覺，身邊最仰賴的親信蘇志誠，竟然一直是連戰的心腹。

二〇〇〇年國民黨失去政權後被趕出家門，李登輝不得不靠著陳水扁東山再起。

日本行，預告岩里政男的回歸？

很多人都說，李總統的政治積極影響力已經式微了。

「也夠了。」一位資深的綠營人士，早年幫著康寧祥助選的老將，華髮灰白，面色平和，口氣悠悠然，這樣評價著李登輝做爲總統的種種。他說，二〇〇八年總統大選，台灣人不會聽李老先生怎麼說了。

之後，不多久，就在李登輝口中的一生中最後一次訪問日本行前夕，二〇〇七年五月二十九日，陳水扁總統在一項訪談中，很清晰明確的說，卸任後，他「不會指點下任總統應該怎麼做」。

指桑罵槐。

正在忙著出門，策劃他的日本訪問；歡欣、等待的情緒塞滿心頭，這時候，被阿扁損人之語批評的李登輝，或者，已不介意陳水扁說他什麼了。

他要做的，他曾經做的，是國民黨統治後出生的三級貧戶陳水扁，永遠做不到的。

這也是陳水扁說不出口的痛。

曾經有一篇報導說，陳水扁沒能出國留學，是很大的遺憾。尤其，和他台大法律系同系同學馬英九，擁有美國哈佛大學法學博士學位，陳水扁很介意。

有一夜，報導上說，看著兒子致中，阿扁跟阿珍說，「有一天，我們的兒子要讀哈佛。」

致中去了美國，功課不錯，他念的是加州柏克萊大學。對很多美國年輕人而言，柏克萊是西岸的哈佛。

李登輝靠著自己圓了美國留學夢。四十多歲，他得到與哈佛同為長春藤著名大學的康乃爾大學農經博士學位。

李登輝就是這樣，擅長實現夢想，不論他講的，是日語、台語、英語或北京話。

不是嗎？北京話，權力最高的頂峰，他一九八八年一月十三日晚上八點八分，在中華民國總統府，宣誓接任總統時，是由他後來擊潰的政敵，司法院長林洋港監誓。那夜，李登輝用北京話讀出誓言，效忠中華民國。那座總統府，也是日據時代的總督府。

台語，是他的榮耀。從「再大也大不過你阿伯」，到「提籃子假燒金」，台語，一直是李登輝的香檳酒。

英語？一九九六年「民之所欲長在我心」，那場演講，濕透了衣裳，推升了李登輝的高度和廣度。很多人忘不了他日語腔濃厚的英文發音特色。一位和李登輝同年代的台灣阿伯說，他看著電視，聽著李登輝的英語演說，感動的哭了。

這一次，更大的感動，埋藏在一個戰死亡魂的名字背後。

也或許，靖國神社，是一個盡頭；也是起點。從媒體操作的角度看，李登輝總統的二〇〇七年春末日本東京之訪，確實再度高明的引發了眾人的注意。

他攪動了連日本社會都還要迴避的靖國神社問題。

「我不排除，人之常情，是你，你也會在有生最終的東京訪問，去看望你的一個世紀之前戰死愛國沙場的親兄長。」

李登輝，不，岩里政男是這樣，向日本民眾訴說他靖國神社參拜的必要性的。

他征服了日本人。用日語。

二〇〇八年台灣總統大選，對他還重要嗎？我猜，岩里政男與李登輝前總統是可以分離的。

只不過，歷經了靈魂對話的洗滌，二〇〇八年的總統選舉投票日之前，從岩里政男的魂魄中，跳返回台灣的阿輝伯總統，要如何面對下面這些問題：

李前總統，你能夠批扁貪腐，挺謝貪污嗎？

你能夠狠批蘇修，挺謝一中嗎？

你說過住在台灣的台灣人，不管何時來到台灣，都是新時代的台灣人，都要受到尊敬，你還能夠批評馬英九是競選中國人的省長嗎？

還有，第三勢力呢？謝長廷、王金平，拖扁下台，這些一切，都將在靖國神社的祭悼告白中，消失？還是浮起？

可能，這也確是一個盡頭的結束，另一個起頭的開始。如此一來，八十六歲的形體，內在充滿的，卻是栩栩健壯的青春。

對宗教信仰強烈的李登輝來講，生命是沒有盡頭的；每一個盡頭，是爲了接續下一個追尋開啓的起頭。耶穌可以復活，李登輝青年時期的岩里政男，爲何不能？

如果是這樣，考慮二〇〇八年他將如何與台灣人民對話，應該還是劇本出人意表的大戲。「我是不是我的我」，這就是李登輝剝洋蔥般，無止盡的追尋。中間，避免不了淚水。

別人的淚水。

追尋什麼？自己的身分？慾望？權位？愛與人性？李登輝都做到了。最後，是他的哥哥，以日本國的犧牲者入祀靖國神社的台灣台北三芝出生的岩里武則先生。

背後，多少失落？多少錯亂？多少找不出理由的悲歡離合？

台灣人的悲哀？外來政權的統治？我在想像，慢步走入靖國神社大門的李登輝總統，當時腦中映入的影像。岩里政男，岩里武則的弟弟，漢名李登輝的年輕人，他回想到了那時的情景嗎？少年時，努力要考進純正日本人就讀的高校。失望了，離開家鄉不遠的淡水中學，他曾經冬天晨起洗馬桶；夜半宿舍熄燈，「偷偷到廁所讀書，那裡有燈光」。好一個向上的日本青年。

一切卻破碎了。哥哥死了；日本政府投降了，父親鄉紳資格的日本警察地位，頓時，落爲羞慚。共產黨，是那時候興起加入共產黨的意念嗎？刪除過往，重新來過，這是許多人務實的人生觀。我好奇的是，李登輝，岩里政男，在春櫻秋楓迷人的靖國神社之中，他將怎樣面對他生命短暫的兄長的亡魂。

謝謝你，謝謝阿兄替我帶走舊昔的悲傷與包袱？一位日本殖民時代成長，身分認同曾經迷惑在日本人還是台灣人的迷惘，擁有日本名字和漢文名字，岩里政男桑，成就權位於國民黨統治的中華民國李登輝總統。

死亡，誰造成的？

戰爭，誰發動的？

撕裂，誰設計的？岩里政男會眞實面對李登輝總統嗎？他會哭嗎？德川家康。岩里政男會想到德川家康？

當李登輝總統祭拜兄長，應該得到理解同情的時候；在台灣的不少一九四九年以後遷來的外省人，當然也應該爲他們對祖先故鄉魂牽夢縈的情懷，得到同理心的諒解。

當二二八慘劇痛苦死亡，刻印在受害者家屬心頭，記憶在台灣世代子孫心中的時候；日本軍閥侵華戰爭造成的殺戮慘案，日本軍人無理性的殘酷南京大屠殺，也應該在歷史的記錄裡翻案，討回正義。

否則，岩里政男如何能夠在李登輝的生命裡活著？如何能讓李登輝是「不是我的我」？

陳水扁在出任總統七年整時，要大家等待他尚未完成的九局下半。李登輝不一樣，李登輝的棒球賽，在他主導的球場，在他設定的賽局裡，九局，一局、半局，由他隨機應變。

三十年安定，修憲後，台灣有三十年和樂的日子。這是十五年前，修憲時期，李登輝以總統身分向台灣人做的承諾。二〇〇七年的台灣，族群分裂，民調說愈來愈嚴重。政局，用李登輝的話形容，六次修憲的結果，是內戰。人民的生活呢？房子一坪六萬元，李總統的承諾。做到了，台糖蓋的，最近，電視台的新聞報導說，這些公寓幾近廢墟。還有許多沒有實現的大話。

然而，這都是李登輝總統的事了，現在的他，是岩里政男。二〇〇七年以後，李登輝不叫李登輝，就像台聯不再叫台聯一樣？

中共剋星？當李總統用岩里政男的眼睛看中國……

靖國神社之行，才透口風，李登輝就又成了中國共產黨當局的批判對象。跟以往一樣，中共的追殺，總是推升李登輝的媒體曝光度，和台灣人護李反中共的情緒。

《蘋果日報》的司馬觀點專欄，二〇〇七年六月一日，即是李登輝放出有意前去靖國神社追悼亡兄靈位第三日，刊登題名爲「李登輝的貢獻」評論文章，譏笑北京的大力捧場，是早已退休的政壇大老李登輝在台灣和日本均仍享有相當聲望的主因。

「中共對李登輝二十幾年來如一日，一路追打，對一位八十五歲老人實在太殘忍，但作爲台灣的愛國者，李登輝應該引以爲榮，只有他才享有這種殊榮。」作者江春男先生這樣做了專欄的結尾。

李登輝難道是中共剋星？十二年前，訪美，十二年後赴日，中共總是揪著李登輝不放。大肆痛罵的結果，獲利的，通俗觀點看，一直不是中南海裡的中共領導人。

李登輝以總統身分赴美國康乃爾大學訪問，中共使出渾身解數，阻擋不及；後來以延後第二次辜汪會談，斷絕了中國海協會和台灣海基會負責人的交流。中共人士，自此生疏了台灣基層百姓對中國的情感，正中獨派人士下懷。

至今，汪道涵和辜振甫兩位老先生均已作古，兩會還是相敬如冰。中國北京當局，表面上好像討到了老大哥訓斥小老弟的威風；實際上，台灣的本土意識更加生根。民調數字說，自認台灣人的台灣民眾，再過幾年達至全台灣民眾比例百分之一百，不成問題。

當年北京中止辜汪再次會談，台灣人理解中國理性面的管道關閉，一般民眾對中共的惡感持續加強。二〇〇四年陳水扁總統連任底定後，李登輝以前總統身分曾預言，本土派的民意支持度，將提高至百分之七十五。

在選票上，雖然尚未證明不是美夢一樁；從媒體藍綠版圖的逐漸移位，與本土論述不足，是馬英九二〇〇八選戰最大致命傷的民調內涵分析，兩岸近年來交流互動頻繁，關係十分密切，雖是不爭事實；另一方面，台灣人正常化看待中國的態度，反而加強了中國是一國，台灣（或者有人比較喜歡用中華民國一詞）是一國的普遍認知。

顯然，在競爭台灣人的好感方面，北京當局屢屢出手痛打李登輝，損人不利己。中國共產黨卻始終學不到教訓。李登輝自己都說是最後一次日本之行的訪問了，中共仍然收不了手，口出惡言，反遭消遣是助長李老先生的聲勢。

李登輝究竟如何看待、理解中國？

曾經在千島湖事件後痛罵老共是土匪的李登輝，基於什麼樣的背景、知識與情感，定位中國？

這個問題，要從李登輝生長於日本殖民政府統治的台灣日本人講起。

換一個角度，回到時光隧道。當年的李登輝，他的日本名字，叫做岩里政男，他在十八歲的時候就立下志願，要攻讀農業經濟，學有專長之後，「到中國東北去協助解決中國的農業問題」。京都大學農學院最著名，李登輝到日本京都帝國大學攻讀農業經濟，就是要實現救中國的壯志。「因爲解決了農業問題，就解決了中國問題」。

這是書寫在白紙黑字上的李登輝自我告白的心聲。

年輕的李登輝，哦，青年岩里政男的心願，成年之後，果然得到農經博士學位。二〇〇〇年總統任期屆滿前，他也曾提及要在卸任後，和學農的蔣彥士先生一樣，到中國幫忙精緻農業的開展。

我第一次讀到李登輝東北中國夢的記載時，很驚訝。莫非，岩里政男血氣方剛的內心深處，與當年不少嚮往祖國的台灣青年一樣？這也是到目前爲止，可以參考的文字資料中，李登輝談到他的中國情，最赤裸裸的一段。

好奇加上眞相的追索，我花了一些時間，理解青年李登輝解救中國農民之苦心背後的玄機與熱情。

恍然大悟時，我的體溫上升，心頭，有一股涼涼熱熱相互攪拌的奇異感受。我錯了，那不是李登輝的中國，東北中國，那是岩里政男的日本中國；日本軍閥扶持的，蔣介石國民黨政府口中的僞滿洲國。

我明白了，更理解了。做總統的李登輝，公職地位上，戴著中華民國總統的頭銜；私人身分印記上，流著台灣本土之子的血脈。可是，中國認知上，岩里政男的經驗，卻超越了李登輝與阿輝伯。

心理學上，這叫做IMPRINT。人，或動物，一生下來，第一眼觸及的，影響嵌記一生。

當台灣總統李登輝，以日本人岩里政男的靈魂之窗，透視探索中國；以這樣的認識界定中華民國對中國的政策時，李登輝的多種作爲，就變成矛盾、變形與難以捉摸。中共當局與李登輝交手，佔不到便宜還要自取其辱，也許，可以得到合乎邏輯的解釋。

何處是家鄉？

基隆，海港邊，往來行人神色倉皇，遠方正在緩緩進港的軍艦，和停泊在碼頭旁的船隻，參差不齊，雜亂的爭搶地盤。灰撲撲的船表面，透著哀愁與無助。「到處都是難民。」她說。到處都不知道今日以後的未來。

「可是，我們還是花錢買了一大串的香焦。」笑笑，圓實的臉龐上，有著美好回憶的光采。

那一天，她和她才一歲多的兒子，把香焦，當成了大餐珍饈。「在我們北方，一年四季都吃不到新鮮的香焦啊！」她解釋說，自小到大，她見過的，都是黑黑細細爛爛的模樣，哪裡看得到黃裡透白的眞正的香焦哪。那一年，她三十三歲。

一九四九年秋天，逃過一個又一個荒亂、破敗、貧窮，遍地殘垣斷壁的中國沿海城鎮，梳著髮髻的葛瑞貞，抱著出生一年多的兒子，在基隆港爬下軍艦。她的先生，不知人在何方。

「他叫我和兒子留在家鄉，等他和軍隊去台灣再回來，我不相信，我非要跟著走，我抱著兒子，出錢雇人踩腳踏車載著我們母子逃！」

她的大逃亡故事說了很多次了。她說，她不相信共產黨像姊妹們說的那樣比國民黨軍隊好。

後來呢？大女兒總是追著問。

後來，青島、廣州、海南島，最後，「我和你二哥就到了基隆了啊。」

接下來，是忘不了的，香甜的台灣香焦的故事。

「爸爸呢，那個差不多要拋家棄妻棄兒的爸爸呢？」

「哦，」回想一齣連續劇似的，放下手邊爲一家之主爸爸特別捏柔的饅頭麵糰，她提了提粗濃的雙眉，「就在港口邊啊，在港口邊，那一天，我仔細看，看啊看，每一艘站著軍人的船，我都看有沒有我家的先生啊……，我每天去看，每天去等，差不多快一個月了吧，」吞了吞口水，「就這樣啊，那一天，我抬起頭，一看，那不是我兒子的爸爸嗎！」他就站立在一條大大的船的甲板上，頭仰著，瘦瘦的，一張長臉，挺拔的鼻子。她的倚靠，她的天，她的山。

所有的痛苦、傷煩與焦慮，化成了又一場戰亂中由悲轉喜的驚奇。

從此，這一對夫妻，以台灣基隆爲家。他離開軍隊，找到一所小學當教員的鐵飯碗；她做殷實的家庭主婦，兩人又生了一兒兩女。一九七二年，太太腦溢血過世，安葬在台北六張犁公墓。二〇〇〇年，軍艦上的少校軍官因肝癌病亡。這一次，他還是跟著妻子。他安睡在她的身旁。

臨終前的晚年，好幾次，兒女問，要不要回家鄉山東看看。老先生總是搖頭，「沒什麼意思的，回去幹什麼，這裡是我們的家。」他沒說出口的是，害怕共產黨。有一回酒喝多了，他跟大女兒吐露了心跡，「我怎麼能回去啊，那些共產黨會跟我算舊債，報仇殺我的頭的。」

私底下，他將退休金利息，換成美鈔，請託返鄉的後輩代爲轉送給家裡的堂妹。他從來沒有公開向兒女說明他曾經這樣做。

基隆港邊尋夫的勇敢女子，來不及活著等到蔣經國的開放探親政策放行。大女兒在一九九〇年初，找了去中國的機會，從貴陽坐飛機飛到青島，去看紅瓦小洋房。

「萊陽路上的小洋房，紅屋頂、西式的庭院，面對海濱，說有多好就有多好。」勇敢媽媽深夜時分，經常跟愛寫作的大女兒說著她想望的未來。

「記著，反攻大陸以後，我們不回鄉下了，那裡太落後，日子不好過，我們去住青島，青島又清淨又漂亮。」有二十年的時間，勇敢媽媽懷念故鄉的濃愁思緒，似乎都被紅瓦洋房的美麗未來化解了。

就在萊陽路上。那年，大女兒佇立在青島市的萊陽路斜坡上，凝視著籠罩在灰濛濛煙塵下的紅色小洋房。輪廓依稀可辨，屋裡，很輕易發現，好幾戶人家，分佔著不同的房間。好不眞實。她的母親、父親、哥哥，一顰一笑，一語一鬧。轉過身，她走了，帶著眼淚。

母親下葬那天，她是長女，負責爲媽媽送上一只黃金做的小魚。

「要放進嘴裡。」姨母說。掰開媽媽的嘴唇，大女兒依著指示，掰開媽媽的唇。

「哇！」的一聲，大女兒哭了，小金魚掉入母親的嘴裡，這是保佑兒女家人平安的吉祥物。「我不要，我不要，我不要……」成年的長女，顧不得身旁的親友老父，淒厲的哭聲，嚇壞了才三歲的侄兒。「我不要我的媽媽那麼冰冷……」從此以後，大女兒明白了什麼叫做死亡。沒有溫度，也不足以形容的死亡。

紅色小洋房的夢也跟著死了。

那天，大女兒是坐出租車去到落後的鄉下，父母出生的地方。眼前景象，好似電影武俠片的畫面。泥土地，煙塵揚起，豬肉攤旁，是老闆流著兩行鼻涕的小兒子。錯愕中，說不清楚的情緒扭結在心中，發著呆的她，不知如何是好時，車上的司機下車，走到她身旁，是個年輕人，個體戶。

「怎樣，妳爸媽的家鄉，妳眞該感謝他們沒有把妳生在這個地方，是吧？」語氣中混著刻意的不屑。

大女兒回想起母親說過的故事。

那是逃離共產黨的艱苦之旅中的人類悲劇。母親說，她背著還是嬰兒的孩子，女兒的哥哥，一路逃亡到廣州，準備找到國軍部隊跟著上船逃往台灣。路途中，破敗、哭喊與眼淚，及殘恨，什麼場面，都看盡了，看麻木了。母親回憶往事時，面色若有所思。

她向女兒說，最無法磨滅的，是經過廣州一所女子師範大學的景象。好多好多沒有船票的大學女生，年輕的大學女孩子，收拾好包袱，挽在手上，等在已是人去樓空的大學校門口，哀求著。「行行好吧，當兵的大哥，行行好，帶我走，帶我逃到台灣，逃過去了，我嫁給你。帶我走，我就做你的太太……」

眞的嗎？眞的嗎？媽媽，那些年輕的女大學生，她們逃走了嗎？

大女兒追問，一次又一次。每一次母親敘述這個往事，她就追著詢問答案。每一次，好像都是第一次聽到似的。

「唉，誰有這個能力呢？」母親總是悠悠的回答，「戰亂時候，命都保不了了，誰還管娶不娶個年輕漂亮的太太呢？」

女兒的心裡，卻存著一個大學女生嫁給不識字的當兵大叔的浪漫戰爭愛情故事。

或者，大學女生返鄉探親，鄉親會說，幸好你當年在學校門口做了戰亂新娘？

大女兒自青島行以後，再也不提萊陽路媽媽的紅瓦洋房了。老爸爸知道女兒的青島行，一度激動追問，「還在嗎？碼頭還在嗎？海灘還是那樣乾淨嗎？……」幾分鐘以後，又恢復了軍人性格的矜持。

直到病重走完一生，他都沒有返回山東。

他是葛瑞貞的丈夫。葛瑞貞，我，大女兒的母親。

我的血液與個性裡，流著她的基因，勇敢逃亡不怨不悔。在世的時候，她和新竹出生的長媳，情同母女；她說，「你們應該學會台語啊，你看我都會講呷飯。」

我的父親，在一九七五年四月五日早上，蔣介石去世那天，曾經強迫我在他爲老先生

「駕崩」後所設的靈位前，向「蔣公」遺像上香鞠躬。老淚縱橫滿臉，他哭著跟我說，「可憐啊，他帶我們回大陸的心願無法實現了。」

可憐的，是被哄騙了大半生的你們吧，我心裡想，話不敢說出口。

那年，我大學四年級。四年以後，美麗島事件爆發；十一年以後民進黨組黨；差不多時候，內政部規定，台灣人民的身分證上，不再載明本籍，改以出生地紀錄。這樣做，可以避免傷害台灣社會的省籍區別。

「早該如此了。」在我全心投入記者工作的空檔，父親曾經刻意淡然的表達了他異於以往的政治立場。他還說，我們當然都是台灣人。

這是我第一次寫我的平凡的父母的親身故事。流了好幾回淚水，心頭發酸。時代下的受害者，誰不是呢？何處是家鄉？處處是家鄉，發生在地球的每一個角落。

遠在美國紐約市的哥倫比亞大學，好幾年前，那位名叫薩依德的知名教授，得知自己罹患血癌，立即著手書寫一本傳記。

以《東方主義》、《文化與帝國主義》等著作聞名全球的薩依德，巴勒斯坦時代的耶路撒冷出生。少年時，聽從經商致富的父親安排，就讀埃及開羅的美國中學，之後哈佛大學、哥倫比亞大學，成就了高級知識分子的地位。他自幼學習鋼琴，音樂素養極高，文學評論卓越，政治批判擲地有聲，很長一段時間，是活躍於西方世界的阿拉伯民族代言人。

薩依德甚至曾經出任巴勒斯坦解放組織的國會議員。他努力抗衡被美國猶太裔企業家主導的美國新聞界，對中東國家阿拉伯人各種紛爭事務的壟斷解釋權。

薩依德的憤怒，讓他的知名度與影響力大大上升。但是，在他費時近六年的傳記寫作中，他仍然艱苦的找尋他的身分認同。人在美國，薩依德忍著病痛折磨，回想他少年時期，在埃及那所美、英小孩包圍的英語學校課室裡，說著不是他的母語的語言。

詭異，這是因病離世之前五年的薩依德教授，自我描述的分裂人格成長期的矛盾。語氣中，重症纏身的薩依德，以自尊，隱藏著人類所能碰到極悲慘不堪的態度，描寫一種不知鄉關何處，無處爲家的失落與放逐。

比較起來，我的母親的紅色小洋房褪色了，可是還是紅色小洋房。我的父親，終其一生，未再回鄉，是他選擇了台灣爲他的第一故鄉。

薩依德教授的故鄉，卻從巴勒斯坦的手中，變成以色列的國土。出生時，他落地在耶路撒冷，巴勒斯坦的耶路撒冷。成年返鄉，他卻親眼映證故鄉的毀滅。耶路撒冷，是以色列的聖城了。

沉溺在古典音樂之美的薩依德，感性的脆弱，喚醒了相同遭遇者的感傷。另一位也是戰亂野心犧牲者的葛洛夫，選擇以務實的心情，看待他被迫離開祖國匈牙利的認同問題。

葛洛夫是著名的美國英特爾集團超級明星執行長，雖已退休，他的名字與他擔任創辦人之一的英特爾公司，還是牽繫緊密。擅長寫作的葛洛夫學化學出身，猶太人的血統，造就了他建立企業王國的基石。

他是典型的美國移民成功實例。退休以後，葛洛夫運用龐大財富所做的，就是要幫助更多與他一樣，跋涉萬里克服艱困、尋找美國夢的冒險家。

「給他們一座梯子。」葛洛夫說，他就是靠梯子，才從孑然一身的窮困移民，變身爲億萬富翁。

葛洛夫二十歲時自納粹茶毒下的祖國匈牙利，逃亡至奧地利，再申請國際組織援助，渡過大西洋前往美國尋求第二生命時，父母都留在家鄉。他一文不名，連本姓都更改以合於美國社會向上提升的需求。

其間，他差一點被謀殺。生命的意義，對葛洛夫來說，不只是謹愼才能存活的政治性求生，而是「不是生，就是死」的一命之間。

不像岩里政男以李登輝的姓名，棲身在國民黨裡攀上榮華富貴；葛洛夫的離鄉背井，是斬斷，痛苦的斬斷。

之後，求學創業，發達有名了，葛洛夫卻從來沒有返回他生長的故鄉。他是美國人，他確定，自己是道道地地的美國人。雖然，依照他最近一本傳記書《活著就是贏家》的描寫，葛洛夫曾在招募新人的約談時，得知一位應徵者來自匈牙利時，立即轉換母語與那位獲得任用的同鄉對話。

爲什麼從不衣錦還鄉呢？科技人的務實性格使然？薩依德的敏感、葛洛夫的實際，和李登輝的投機，我發現，認同，也有基因與禮義廉恥的分別。

謝謝葛瑞貞，我的母親，她讓我，早早抛去了外省第二代的宿命陰影。她讓我很早就確定自己，是一個台灣出生、台灣成長的台灣人。

中國，是父母的故鄉。對中國，我有情感上的牽繫，就像李登輝及同樣背景的台灣長輩，對待日本，總有更親切的認知一樣。中國是中國，台灣是台灣，當台灣人不希望中國欺負打壓台灣人完整健全國家國民的人格時；中國人，也有權利要求台灣人尊重他們的國家，他們的同胞。

在李登輝先生推出「新台灣人」政治名詞以前，我的母親就帶領我，認知台灣，感恩台灣。我也相信，更多和我相同背景的外省第二，第三，第四代台灣人，會從李登輝、薩依德、葛洛夫，以及接下來我要介紹的沙柯奇的故事裡，看見自己毫不是問題的台灣人認知的認同。

沙柯奇，二十一世紀的法國版平民變領袖的傳奇。二〇〇七年五月六日，當他獲選法國新一任總統之日開始，巴黎不再只是名牌之都、藝術王國；法國人終於擺脫了達文西密碼瘋狂流行後，巴黎被商業化的庸俗氣息。

沙柯奇，匈牙利移民平凡人之子，他的血統，一度是法國政壇野心者的子彈。法國人民及時阻止了醜陋歷史的降臨。他們，用選票選出了一位爸爸不是法國人的最高領袖，法國總統，世界第一浪漫王國的元首。

沙柯奇的父親，也是尋求新生命的冒險家。當他離開匈牙利時，葛洛夫應該也在恐懼與不安中，掙扎奮鬥在自己的美洲大陸逃亡旅途。和台灣外省第一代台灣人一樣，政治標誌上，沙柯奇是第一代法國人。選舉投票日之前，執政的人民共同聯盟黨提名他出任總統候選人之後，沙柯奇不是沒有焦慮憂心過他的出生背景，可能引來的政治災難。他發表了一次演說，坦然談及自己移民第二代的心情。

這場演講，據評估，成功替沙柯奇打破認同質疑危機，最後獲致勝選。

沙柯奇的演說，一點都不迴避他的父親與外公不是正宗法國人的事實。沙柯奇的主題，就是「誰是法國人」。

他明白說：「我們成爲法國人，不光因爲我們生在法國，更因爲我們選擇留在法國。我父親是匈牙利移民、外祖父是希臘移民，很榮幸今天可以站在這與各位以兄弟相稱。因爲諸位跟我父兄一樣，離開了自己生長的地方，遠離了珍貴的童年、記憶、初戀，遠道而來追尋更美好的未來。

「因爲『成爲』法國人追尋的不僅是身分，更是情感上義無反顧的抉擇，需要自我克服、參與、愛護法國不變的心意。

「我們『選擇』成爲法國人，因爲我們愛法國人、敬愛法國。法國是我們共同居住的大家庭，我們有共同記憶、理念、個性，喜歡彼此的優點、包容彼此的缺點。我們需要尊重彼此的習性、共享對方的歷史，開創我們共同的記憶。」

沙柯奇具備說服力的部分，是「成爲法國人，不須建立在每個人都拋棄自己的過去，更不是建立在抹滅個人良知上。而是建立在個人以國家認同爲基礎的自我認同上。成爲法國人，是希望多元的參與能一加一大於一，而非小於一。」他強調，「國家認同不須抹滅記憶，不是要求我們忘記各自的過去、抹滅我們對故鄉的記憶。對法國這個大家庭來說，我們希望每個人的加入，都能讓她變得更豐盛。」

法國選民用選票，證明了一七八九年起就歷經民主錘鍊的自由平等博愛國度的偉大和寬容。一位不是道道地地純正高盧血統的歸化法國人之子，出掌了法國最尊爵的總統職務。

李登輝在台灣，用十幾年的時間，還說不清楚的新台灣人，舊台灣人，新時代台灣人；當馬英九肯定要為香港出生的紀錄，為總統大選大費唇舌之時，法國民眾在彈指之間，化除了政客的貪婪、殘忍與無恥。

李登輝會羨慕法國人選出沙柯奇的驕傲嗎？我不知道。我記得，好多好多年以前，曾經聽人說過，李登輝，做總統的李登輝，最佩服的世界級政治領袖，是創建法國第五共和的前總統戴高樂。

李登輝總統確曾談過台灣第二共和的概念。最近，陳水扁政府官員中有人提出第二共和憲法，其實是抄襲李總統時代的構想。

李登輝的法國夢，不僅只於戴高樂。他主導的雙首長制修憲，當年，號稱以法國的左右共治為版本。

雙首長制在台灣，最後證明是噩夢一場，反而造成行政掣肘。政黨關係惡劣情況日益嚴重，已到了許多人憂心的坐以待斃的死胡同。

二〇〇七年四月，我赴巴黎，專程觀摩法國最高投票率的二〇〇七年總統大選，也順道理解法國的政治制度。共治，早已是黃粱一夢了。戴高樂，法國的救星，帶領「自由法國」

以倫敦為基地，二次大戰期間，度過了祖國遭德軍佔領的不堪，復興成功。他還是二十世紀以來，唯一一位被公認的法國最偉大的總統、政治家。知名的巴黎政治學院教授顧德曼認為，戴高樂的成就，是世界級的。

我沒有詢問戴高樂可否與李登輝比較的問題。戴高樂的說到做到，展現在他對人民的承諾上。一九六九年，推動公投，戴高樂宣布，公投不過就辭去總統職位下台。

他失敗了，辭職了，做了一位有信用的政治人物。這使我想到了臨近的日本，明星級前任首相小泉純一郎最尊崇的座右銘：「無信不立」。

李登輝說過很多沒有實現的話。他沒有學習到他的偶像戴高樂將軍的誠信。即使他最情深的日本，小泉純一郎的信與立領導哲學，岩里政男也沒有學會。

結語：兩個矛盾的靈魂

——岩里政男的復活vs.李登輝總統的殘缺

一直等著。我要爲這本書結稿時，傳出李登輝總統即將展開日本之旅，進行奧之細道參訪的行程。

我等著，看李先生如何爲自己寫下人生的完結篇。畢竟，他八十六歲了。一年多前，他說，只能再活五年了。「我最多也不過再活五年，都想爲台灣做點事，你這麼年輕，還等什麼？」這是他對我說的話。

好感人。二〇〇七年的日本行，老先生準備爲台灣人做什麼？

一切，仍未忘記他自己。年老的阿輝伯，返回青春，他在流利的日語公開演講中，向世人宣告了岩里政男魂魄的復活。他的身體，年邁；思維與自信，卻是那麼的年輕。

《浮士德》，李登輝總統時代，台灣最知名的一本總統級名著。出賣靈魂？給撒旦！我曾聽李先生詮釋過他解讀的《浮士德》。岩里政男曾經爲了權位，出賣自己的靈魂給邪惡的國民黨？

眞相大白得如此明確。我覺得有些毛骨悚然。或許，還是我單純天眞？

他本人界定的此生中最末一次日本訪問，終於成爲李登輝尋回岩里政男魂魄的一趟索魂之旅。

岩里政男復活了；李教授死了；阿輝伯消失了，岩里政男親手扼殺了他們。李總統，只剩下四分之一。

殘缺的李總統，是岩里政男親口在日本東京說的。人在日本，二〇〇七年五月三十一日，報紙的報導說，他獲頒後藤新平獎，日本記者請教他的總統政績。總統，是的，日本台灣人總統，這才是李先生風靡日本的重要原因。日本人國籍的驕傲。

出賣自己，也是一種犧牲與武士精神。我記得讀過類似這種描寫日本軍國主義者，或日本政治人物言行的文字，是吉田茂。吉田茂曾說過該低頭就要低頭，該忍要忍，該認輸要認輸的話。

總統的外衣，才是岩里政男衣錦還鄉的標記。總統的政績，李登輝說，前幾年，他出任總統的前幾年，才是最重要。

那是他做總統的第一個一千天。

四千五百天，十二年。岩里政男以他最熟悉、順暢的日語，談及李登輝總統任內榮耀事蹟時，只能肯定前三年的紀錄；當岩里政男在東京復活時，李總統也跟著殘缺了嗎？另外三千五百多天呢？

我替尊敬李登輝先生爲不錯總統的台灣人民難過。原來，一切都是一場空。回憶前塵往事，李登輝將一九九三年以後到兩千年，他乏善可陳的總統任內表現的失敗，用靈魂跳躍的方式，留給了前總統的臭皮囊。當他以日本遊子歸鄉的角色自我定位時，我們能夠做的，也只有祝福。

我比較好奇的是，二〇〇七年六月，一番身分認同回到過去的震盪後，自奧之細道的足跡返回台灣，李先生又將如何跳回那個接受台灣人民公款禮遇的總統軀殼？

後記

他跟李光耀從相知相惜，到反目互嗆。

在《李登輝執政告白實錄》一書中，他跟作者談到李光耀時，強調李光耀的「經歷」。李登輝說：「在日本佔領新加坡時，他（李光耀）替日本人做事，連俘虜的收容所都做過，他的思潮很妙。」

說這話時，李登輝沒提及的是，他本人與李光耀一樣，曾爲殖民政府日本做事服務。李登輝形容李光耀的字眼，「李光耀的經歷，大家恐怕不清楚」；這話同樣可以套用在李登輝的身上。

李登輝二十二歲以前，做日本台灣子民時代的詳細經歷，大家也不是很清楚。即使《台灣紀行》的作者司馬遼太郎，在讚嘆李登輝「數奇」的命運的寫作中，對日本名字岩里政男的李登輝，如何赴日本京都讀書，又返回台灣念台灣大學，沒有細節交代。

倒是另外一位女性日籍作者上坂冬子，做了功課。她在《虎口的總統》一書中指出，年輕的李登輝一心一意成爲日本軍，一九四五年一月，曾進入東京近郊千葉縣習志野防空學校，接受實習士官教育訓練，做爲日本軍的陸軍少尉。

這時，他在京都大學才讀了一年兩個月，因戰事緊張，被日本政府強迫離開學校。他返台至高雄做學生兵，還戲劇性的在街道上巧遇即將遠赴戰場的哥哥李登欽，岩里武則。之後，再回日本，去了防空學校。

岩里政男和岩里武則的父親，李金龍也有一個日本名字，岩里龍男。岩里，怎麼來的，沒有任何資料可以說明。

李登輝還向冬子女士回憶，他在防空學校時，每天都要前往東京，救治那些遭盟軍轟炸受傷的日本居民。

如果李登輝認爲，李光耀爲日本軍俘虜營做事，「很妙」。以台灣人爲傲的李登輝，從軍成爲日本少尉軍，應該更妙。

不過，我們從未聽他談過這方面的省思。

李登輝瞧不起李光耀將兒子扶植爲總理接班人，我有同感。大部分有民主概念的人，也都不以爲然。

李光耀付出了名聲墜落的代價。

李登輝沒有兒子，很遺憾，他有才華又有個性的唯一長子，在年僅三十歲時病故。有人傳言，孫運璿以這個理由，推薦李登輝出任蔣經國的第二位台灣人副總統，因爲，「這樣比較沒有私心」。

然而，李登輝卻發掘了代理兒子，連戰。很長一段時間，「兒皇帝」三個字，是連戰無法癒合的傷疤。

各種資迅與佐證都顯示，李登輝扶持連戰，爲的是可以垂簾聽政，做幕後太上皇。對李登輝推崇備至的《李登輝執政告白實錄》作者鄒景雯，坦白寫出李登輝鍾愛連戰，是「連戰比較老實聽話」。

連戰甘於做傀儡，學的是李登輝的隱忍。和李登輝解釋他加入國民黨，是「勇闖虎穴」一樣，爲的都是權力私慾。

李登輝在二〇〇〇年他第一任民選總統任期屆滿前，不是沒有爲再選一屆心動。是民意和民氣讓他卻步。一九九九年，國民大會修憲，國大代表中，有人明確說，國代延任換總統任期延長，是來自府內高層的意思。

李登輝無法私心自用，是台灣人的勝利。台灣人比新加坡人願意爲民主付出奮鬥，台灣人的人口結構，不像新加坡般複雜，也使台灣人民更有智慧、更能阻擋李光耀版李登輝的出現。

連戰忍耐李登輝的跋扈，甚至受盡羞辱，卻仍未實現出任總統的美夢。好命的他，運氣不如李登輝。當他趕走李登輝時，李登輝已在國民黨內享盡榮華富貴。終其一生，李登輝還有法律明文規定給予的禮遇。

禮遇的金錢來自納稅人的血汗。所有納稅人，不分省籍，不分藍綠。

李登輝受到蔣經國約請，四十八歲才進入國民黨政府擔任行政院政務委員，自此平步青雲。這之前，他台灣大學擔任助教的同時代老友彭明敏，也曾經是蔣經國的座上客，是國民黨政府派至國外的尖兵，是十大傑出青年。

彭明敏不如李登輝會自保，另一個角度看，彭明敏比較有格調，有尊嚴，他拒絕出任蔣經國政府培養的樣板台籍政治人才。

這也留給了李登輝一躍升龍門的機會。

李登輝看不起其他與他一起靠「催台青」起家的台灣人國民黨菁英。謝東閔、林洋港、邱創煥，都在他口中得不到好評。

依照介紹李登輝加入國民黨的王作榮的評論，李登輝誰都罵，就是不罵李登輝本人。

我參考閱讀了不少與李登輝有關的資料與書籍，發現基本上王作榮先生說的不錯。大部分，應該說百分之九十九，和李登輝接觸共事爲他服務，或與他結交的人，大都被李登輝否定，或揭瘡疤。

像李遠哲，他跟鄒景雯說，「這個人，以爲自己是萬能的。教改要管，九二一重建他在行，兩岸問題希望插一手，到處點到爲止，卻從來不願意腳踏實地的做基本的苦工，這會變成是在搞造神運動，無法眞爲國家做事。」

其實，以爲自己萬能，什麼事都談，都長篇大論，是李登輝位高權重時，外界對他的共同印象。那幾年，許多人與做總統的李登輝會面，都是聽李登輝一人獨白，毫無插話機會。

「有一次，是諾貝爾獎鐳射專業的得主，」李遠哲曾這麼向我回憶，「原以爲這個問題，李總統總該聽聽別人的看法了吧。」同樣擁有諾貝爾獎榮耀的李遠哲笑笑，他說：「結果，李總統也懂鐳射，那次見面，都是他在談鐳射。」

李登輝公開說過他刻意提拔謝東閔的兒媳林澄枝，私下提到謝東閔，負面記憶十分清晰。他說，蔣經國選擇他任副總統接替謝東閔時，事先告知了兩個人，一位是行政院長孫運璿，另一位是謝副總統。

「但是，孫運璿在謎底揭曉那日一早，向李登輝恭喜道賀，謝東閔沒講一句話。」

對待日本殖民政府殺害台灣人民，與國民黨蔣介石並無不同的問題上，李登輝也有雙重標準。他為二二八道歉，但是日本派台總督中，幾乎都有屠殺台灣人的紀錄，李登輝卻略而不談。

李登輝二〇〇七年五月接受後藤新平獎的後藤，即是日據時代的台灣總督。資料顯示，他在任時，勒令殺死的台灣人，總數一萬六千人。二二八事件死亡者，目前得知的人數約一萬左右。

李登輝也與日本少數右翼人士一樣，否認南京大屠殺的存在。依據檔案，日本軍攻佔南京時，屠殺至少三十萬當地居民。

我的母親中日戰爭時，年僅三十餘歲，頭腦清晰。她生前曾不止一次告訴我們，她親眼目睹日軍持刺刀刺向嬰兒股溝，殘忍處死的畫面。但是，這並不表示我們要仇視日本人民。母親在青島曾和日本家庭比鄰而居。她印象最深刻的，是日本家庭主婦乾淨勤勞，每日一大早即起打掃屋舍，裡外窗明几淨的往事。

「日本軍退回國時，他們來道別，我們還相互祝福。」母親說。沒多久，她就帶著一歲的兒子逃難了。

當李登輝以記憶、親情不能抹滅，哀傷描述他前往靖國神社祭拜兄長靈位的心情時，卻不在乎別人的歷史記憶。

李登輝先生恥笑陳水扁妻子家人愛錢，卻忘了他的女婿賴國洲以利益未能迴避的不名譽手法，拿下台視日資股權。

李登輝揚言「錢的問題」，他「沒有模糊地帶」；他向日本人說，他兩袖清風；他懷疑蘇志誠名下好幾棟房子，那麼有錢，「比我有錢多了」。他卻不提他唯一一位孫女擁有的鴻禧山莊別墅、逸仙路絕佳地段的公寓，以及翠山莊豪宅，不是一般同齡女孩能享受的好運。

李登輝還說，「錢能夠解決的問題，就是小問題」。他果然用錢換來了台灣的民主。國會全面改選的成功，退職金發揮了效用。這些錢，是台灣人民的納稅金。

錢，也換來了台灣總統的風光訪美康乃爾大學演講之行。康乃爾大學，李登輝得到博士學位的母校，邀請他前去訪問講演之前，李登輝後來承認，他捐了兩百萬美金給康乃爾做獎學金。之後，美國又設立李登輝奈米微小科技研究中心，金額，有人說台灣捐了一千萬美元。

鈔票的功能，在國安秘帳的使用個案中，發揮的最大效益，是明德專案，美台日三邊會談的建立。一九九五、九六年中共發動導彈危機，美艦護航，以及美日周邊有事，加入台灣安全協防的簽訂，都是李登輝做總統的光輝紀錄。

不過，殷宗文、張榮豐、丁渝州、林碧炤等國安會成員的戰略努力，在二○○六年公布的最新資料中，顯示居功更偉。這些功臣當中，很多人至現在都是無名英雄。李登輝忘了爲他們頒勳記功，他們不介意，卻是「遺憾」。

李登輝最令台灣人稱道的，是總統直選推動，及奶水供應民進黨，終於讓政黨輪替成功，台灣人出頭，也出了被外來政權統治壓制百年的一口大氣。

這其中，李登輝也是最大的受益者。有一度他被尊稱爲台灣民主之父，卸任後，他還曾榮任台獨教父。

然而，就像他與大權在握時所有共事過的人，不論敵友，不論外省、本省，除了黃昆輝，全都翻臉一樣；李登輝和綠營的重量級人士也都反目絕情。原因在於，一切太人治，李登輝手下的台灣民主，像紙紮的，一戳即破。

修憲六次，個人權位之鞏固及接班人連戰的安插爲考量，李登輝並未像歷史上的政治家那樣，奠立國家長遠發展進步之典章制度；二○○八年第四屆民選總統大選前夕，台灣的民主，仍然沉浮在總統與政黨內戰的火焰之中。

李登輝與蘇志誠分道揚鑣，最戲劇化，最令人震撼。蘇志誠選擇保持沉默，一心向佛來面對他與李登輝決裂的結局。

這也是李登輝的幸運。否則，很難預期蘇志誠將會透露多少李登輝不堪的實證。比方，默許蘇志誠做密使，到香港、珠海等地至少九次與中共高層密會；派遣鄭淑敏赴北京，李登輝的目的，是台灣與中國的長期和平相處互容互生，還是取得對中談判唯一主導代表人地位？是爲個人寫歷史？是爲台灣人民全體著想？

鄭淑敏被李登輝利用，得到文建會主委和中視董事長的回報。中視財務事發後離職。「我與她好久不來往了。」李登輝說這話時，看不出內心的情緒。

李登輝眼裡，沒有人值得長期交往。直到二〇〇七年初，唯一沒有被他惡言相向的政壇知名人物，國民黨裡是王金平，民進黨裡有謝長廷。

誰都無法預料，李登輝何時會和王、謝交惡。

「眾叛親離」，是老友王作榮對李登輝的描述。

李登輝並不在意。至少在公開場合，公開言談上，他對自己的作爲，充滿信心。只不過，歷史的評價，是李登輝逃不了的檢驗。

他似乎也明白退而不休，是最大的污點與錯誤。他的食言，十分明確。台灣，不少人質疑他的誠信。李登輝都以政治惡意攻擊不予回應。

李登輝卻很在意司馬遼太郎先生的亡魂的批判。

《台灣紀行》的作者司馬遼太郎敬仰司馬遷，取筆名以司馬爲姓，爲的就是表現對這位史家的推崇。

一九九五年他以台灣訪問旅遊爲主題，寫作《台灣紀行》一書，記載了與李登輝對話訪談的紀錄。書中，司馬遼太郎毫不懷疑李登輝所言，在一九九六年總任期結束後，要和李元族副總統一同退休，「到山地去講道，到台灣大學去旁聽生物學科課程」的「權力下放」承諾。

李元簇退休了，乾乾淨淨，從未介入政治。李登輝選上了民選總統，還在卸任後，做了台聯的精神領袖。

他欺騙了司馬遼太郎嗎？依據《李登輝執政告白實錄》的記載，李登輝解釋，他很在乎未能實現對司馬桑所做的承諾。可惜司馬先生已故世，在司馬遼太郎基金會出版紀念司馬先生文集時，李登輝說他特別寫了文章，強調未如對司馬遼太郎所言在一九九六年退休，是時空變化的關係。

李登輝也很介意老友王作榮及戴國煇的批評。對王戴的回擊，是兩人都比他愛名愛利。

李登輝的政治生涯，究竟如何評價？

他的意志力堅決，毅力強悍，爲了個人的前景、未來與權位，他可以忍他人無法忍的屈辱，他可以狠他人不能狠的殘酷。這是他的過人之處，也是他的政敵所缺乏的。這方面，他唯一的勁敵，是陳水扁。

李登輝說過，「該戰爭的時候，要一舉殲滅敵人。」戰爭，卻不能沒有損失。在殲滅敵人的同時，李登輝也毀了自己的情操與風骨。

李登輝終極的戰爭，卻也毀掉了自己歷史留青名的機會。

他一手提拔了宋楚瑜，毀了宋楚瑜。

他一心信賴蘇志誠，縱容蘇志誠掌大權，小小秘書，管兩岸、做密使，排異己、立接班人挺連戰，敗象畢露後，竟然以切斷關係，了結他自身用人不當的罪惡感。

他執意培植連戰，也一手害了連戰。

他攀附陳水扁，最後被陳水扁一腳踢開。

他是國民黨主席，卻爲國民黨的倒台歡呼。

他建立台聯，卻任令台聯裡的人摧毀台聯。

他向司馬遼太郎述說「場所的悲哀」，卻不能像司馬遼太郎一般，大聲說出一個國家不能在另一個國家人民與土地上實施殖民統治的良心話。

彭明敏以雙重人格的方式，形容李登輝自稱勇闖虎穴，在國民黨內得勢掌權的心理狀態。

雙重人格，最終還是一把利刃，摧毀了政治家的李登輝的可能。

李登輝期盼自己被認定爲一位政治家，不幸的，最終，他可能只被記載爲一位入流的政客，不入流的國家領袖。

我看李登輝總統，最大的傷懷，是他擁有可以高貴的外表，卻任令私慾毀敗了內在的高貴與風範。

附錄

揭開民進黨台灣民粹牌奏效的歷史與心理因素迷霧

說明：

很多不了解民進黨用「愛台灣」做號召，就能在選舉中獲勝的人，經常以民粹，或者綠營選民程度太差，解釋這種手法成效卓著的原因。

甚至，還有藍營色彩的電子媒體節目主持人，創下「一高二低」的名詞，高年齡、低收入、低學歷形容民進黨忠誠選民的特色。

也曾經迷惑過，我選擇深入了解台灣人民集體投票行爲背後的內涵，來解答這些疑問。我請教好幾位黨外時代就爲民主奮鬥的中壯年紀朋友，聽他們從基層、從歷史無法化解的情緒談起。

他們的建議與分析，撰寫成文字，在我的部落格刊出後，回響驚人。也讓我這個自小生長在反攻大陸教育下的外省女孩，理解了不少本省籍鄉親的內心世界。

這些文章中的代表性作品，我以附錄的型式，刊登在本書本文之後；也有騙局的盡頭，就是揭發騙局的人民、人心的意思。

這些心底層次的描述，足以回答多數外省人的問號。當然，外省人並不全都是中國豬；外省人愛台灣的心，絕對不低於本省人！我也將繼續透過訪談、對話與理解，爲外省人遭貼標籤，愛台灣之心遭質疑的不公平待遇，尋找解答。

一、「深綠」選民的被壓迫記憶！

國民黨從來不願了解「深綠」選民的內心政治世界，反綠的政治評論家、媒體名嘴、學者……等亦然，在他（或她們）的眼中，所謂「深綠」選民就是一群無知、非理性、法西斯的暴民，就是被民進黨欺騙、操弄而仍然對民進黨死忠的蠢眾！事實上，同樣的菁英主義與倨傲也展現在對待藍營選民上。

「深綠」選民當眞對民進黨「死忠」嗎？還是，對國民黨戒嚴時代的壓迫統治深惡痛絕，而且，這個舊國民黨從未換新，依然是被人民唾棄而極欲奪回執政大餅的壓迫者，那麼，這群「深綠」選民能不被迫的保衛民進黨，以防止仇敵再度踩在其頭上？

對「深綠」選民來說，戒嚴時代的省籍歧視、省籍不平等、單一語言霸權宰制、特權橫行、言論／集會結社自由的被剝奪、黑金氾濫、白色恐怖、階級壓迫……等記憶猶新，在地下電台的疲勞轟炸下更加強化，然而，下野後的國民黨，既不曾公開的對過往的罪行全面眞誠的道歉反省，更不可能據此展開脫胎換骨的改革實踐。試問，若你是「深綠」選民，能輕易的、不計前恨的轉而支持國民黨嗎？

無庸置疑，阿扁與民進黨極盡無恥卑鄙的利用了「被壓迫的歷史記憶」，轉化成族群矛盾與台獨法西斯主義，脅持囚禁了「深綠」選民的政治意志，然而，若非國民黨的配合演出，這幫政治神棍何以能屢屢得逞？

也所以，當前的政治解藥，絕不是緣木求魚的幻想期待藍綠內部的反省改革，而是台灣人民要相信自己，依靠自己的團結行動、集體智慧與無可限量的創造潛能，自主自立自強，組成全新的、忠於中下階級百姓利益的政治力量，還原「被壓迫的歷史記憶」，讓「深綠」與「深藍」的中下階級選民看清藍綠「假對立、眞同源」的聯合壟斷騙局，共闢平民民主之路！

二、卡歹嘛是自己的子

二○○四年總統大選前，由於阿扁執政績效乏善可陳，陳由豪政治獻金等貪瀆醜聞不斷引爆，致阿扁之連任危機重重，被奉為「國師」的李鴻禧教授（台灣著名的憲法學者）在一場輔選活動上，竟罔顧知識分子應有之知識理性與憲政主義之價值立場，當著媒體宣稱「卡歹嘛是自己的子」，這般赤裸裸的訴諸排他性省籍意識、這般護短的助選言詞以挺扁。

「卡歹嘛是自己的子」其實是「維護『土』政權是最高道德標準」觀點的河洛語白話版，也是種族主義最典型的表現，也是前現代家族意識/宗族主義的現代翻版，更是中國封建皇朝時代漢民族中心主義「非我族類必有異心」的再現！然而，關鍵在於為何能說服「綠色」民眾呢？

是因為「綠色」民眾皆是種族主義者嗎？絕對不是！是因為他（或她）們只問省籍，不問是非、不問政績良窳與不問政治操守高低嗎？也絕對不是！事實上，與其說「綠色」民眾挺扁，不如說對連宋無法信任，因爲，連仍是不知台灣底層疾苦的頂峰權貴富豪，而宋則是失去了權柄與國家資源就不再走透透、不再講河洛語的老朽政客。更進一步說，連宋與藍軍雖已下野，但並未因此稍稍激生對以往犯行的悔悟，從而就更談不上革新了！若無眞誠公開的反省，就不可能產生革新的動力！職是，在「綠色」民眾的觀感中，連宋在媒體上出現的姿態與形象與昔者無異，那麼，當民進黨喊出「復辟」的競選訴求，豈能不召喚出「被壓迫的歷史記憶」呢？

要抹除「被壓迫的歷史記憶」，唯有依靠壓迫者（或壓迫者的繼承人）的愧疚、道歉與堅決無輟的革新實踐，對被壓迫者來說，那也僅僅是贖罪罷了！

「綠色」民眾挺扁，其更深層的動機是混合著期待與寧願相信的心理，若要理性評價阿扁的治國成績，無人能發自內心的給予肯定，然而，當政治壟斷結構只提供阿扁與連宋兩種選項時，他（或她）們只能被迫期待、被迫寧願再相信阿扁一次，儘管大家業已做好期待落空、再被騙一次的打算，但畢竟別無選擇啊！

「別無選擇」這四個字，既道破了「綠色」民眾普遍隱藏著「含淚投票」的痛楚與掙扎，同時也言簡意賅的表述了台灣「民主」的本質，台灣人民只能被迫二選一，而無法自主的推出最多的選項與選出最好的「公僕」，以至於，我們只能在藍綠的聯合操控下，進行舊壓迫者與新壓迫者的內戰，進行新舊壓迫者的循環輪替！

要終結「別無選擇」的悲哀，台灣人民也別無選擇，就是靠我們自己的力量改革選舉制度——我在之前的評論多次述及，靠我們自主組黨，提供煥然一新且不斷更新的選擇！

三、台獨是「當家作主」願望的移情延伸

伴隨著、支持著民進黨坐大並詐取政權的「深綠」民眾，都是中下階級民眾，在當年黨外民主運動時代，並非台獨的信徒，而是不滿國民黨政治專制、經濟剝削、社會壓迫而渴求民主、自由與平等的反抗者。但由於領導菁英與後來民進黨政客把民主、自由與平等等價值工具化，即把它們用於反國民黨並攫奪自己政經利益的批判性修辭，更準確的說，就像是河洛語俗諺的「一手摸乳，一手唸經」，以致於這群反抗者對民主、自由、平等的認識與思考並不深刻，甚至把民進黨選舉勝利視爲民主、自由、平等的實現。

民進黨很擅長以台灣人「當家作主」的通俗語言召喚中下階級民眾的支持與認同，卻從來不闡述，到底何謂「當家作主」？其具體制度設計爲何？人民要如何實質參與各種政策的決定？要如何保證選賢與能？又要如何保證當選的民意代表與首長勵行人民「公僕」的職責？這些必須勾勒與交代的「當家作主」內涵，被民進黨惡意的空白了，原因是，民進黨萬

萬不希望台灣人民追求「當家作主」之原本目標，並且，要把「當家作主」與民進黨執政劃上等號，事實顯示，民進黨這一政治詭計成功了！

爲了阻撓綠色民眾察覺「當家作主」語言背後的政治騙術，爲了激化台灣人民的省籍意識以轉化成選票，民進黨必須把國民黨打成「外來政權」，必須繼承國民黨的反共意識型態而進一步的把對岸妖魔化，從而，就必須建構台獨「願景」以嫁接「當家作主」的願望，於是乎，這「當家作主」＝維護「本土政權」＝台獨！亦即，今天的法西斯化台獨，其實是當年「當家作主」願望的扭曲延伸，扭曲者自然是綠營的神棍政客，然而，讓扭曲得以遂行的另一共犯，則是一直鎮壓箝制「當家作主」願望的國民黨，迄今猶是！若缺少了國民黨這一令台灣人民痛恨的對立面，神棍的眞面目早就被揭發了！

對於「當家作主」的願望，我是百分之兩百的堅定支持者，對於扭曲與背叛「當家作主」願望的神棍集團，我也是百分之兩百的反抗者。但是，我們首先必須同情的理解「深綠」民眾對民進黨死忠，根源於過往的被壓迫記憶，我們還必須要還原「當家作主」價值的「本尊」，我們更必須鍥而不捨而民主的與「深綠」民眾對話溝通，使其從神棍的「鬼話」中醒悟，使其把上述的等號與等式拆解，使其重新追求「當家作主」之原本目標，即自主組黨，掙脫藍綠共謀宰制！

四、「深綠」選民堅信阿扁清白嗎？

「深綠」選民堅信阿扁清白嗎？我不認為。

如果夜深人靜，如果無藍營支持者在場，卸除了心防，所謂「深綠」選民還是承認阿扁貪污了！在北高兩市選戰期間，即使地下電台也傳出這樣的保扁觀點，「阿扁不過貪污幾千萬，和國民黨龐大黨產怎麼比？」這證明了他（或她）們其實間接的同意了阿扁並非清白！

那麼，為何「深綠」選民還要力挺阿扁與民進黨呢？

然而問題是，馬英九與國民黨是更好的替代性選擇嗎？當然不是！馬英九自接掌國民黨黨主席以來，究竟做了什麼？連改革的表面功夫都不做，連悅耳動聽的謊言都不會說，而且還頻頻出紕漏，讓人看破手腳，那麼，所謂「深綠」選民為什麼要「捨親求疏」呢？阿扁與民進黨的執政未曾給過他（或她）們「小恩小惠」，至少，還會訴苦、喊冤、博取同情，佯裝著一副是「自家人」的假相，大做要為「自家人」打拚賣命的激情秀啊！當兩黨與基層人民的政治距離等遠，兩黨都並肩站在反改革反民主的高峰上，但阿扁與民進黨還懂得不斷的向山腳發動「親情攻勢」、「虛情假意」，雖明知上當也甘願啊！

倘若，馬英九積極運用藍軍國會多數優勢，推動一系列民生法案，以切實保障農民長期生存權益、拉近中南部城鄉差距、創造就業創業機會、解決失學輟學危機、廣建老人安養公共服務系統……等，再死忠的「深綠」選民能不領情嗎？民進黨若要阻擋這些法案，他（或她）們能不覺悟嗎？

不是「深綠」選民非理性、法西斯，而是國民黨的權貴、官僚與腐敗的氣息不變，才製造了阿扁與民進黨大搞「神棍政治」的土壤；而是馬英九的反改革、反民主與無能，才讓「深綠」選民被迫繼續擁抱綠色金光黨，畢竟，改投國民黨，恐怕連心理安慰劑或政治興奮劑都被斷絕！

敬告「深藍」選民，要想奪回政權，就要先對馬英九開炮，就要對他嚴厲鞭策，再「不動如山」，就斷然唾棄他！敬告中間選民，要終止兩黨比爛的惡性循環宿命，就是自主組黨，自己募款，全面參選，用滿足我們迫切需求的具體明確政綱與政見，逼迫兩黨向我們的路線靠攏！敬告「深綠」選民，要讓本土政權永續，就要倒轉民進黨高層與地下電台對我們的單向煽惑，堅決要求以嚴苛的清廉、持續深化的民主、實際代表中下階級人民利益的政策鞏固本土政權，民進黨當權派做不到，就絕不留情的拉下台，換反省改革的新世代上台！

五、嗆紅，綠營人吼：倒扁我們自己來！

九一六的凱達格蘭大道上，明日工作室我的一位助理L，帶著妹妹與朋友，硬是踩上了人擠人的土地上，揮舞著寫著「台灣」兩個大字的綠色小旗。

她說，我們不是去挺扁，是被一片紅海逼得不爽，自動自發去現場，嗆紅去的。

L曾是民進黨死忠迷。她的心聲，或許可以做爲自許爲倒扁聖戰士的藍軍派人士參考。那就是，「自己的孩子自己管」，阿扁再怎麼樣，要讓他下台或者辭職的，都不應該是從來沒有投票給他的深藍軍。更何況是綠營叛將，最令綠營支持者痛恨的小妹大加上NORI施明德，加上許信良一團人。

L說，她與綠營的親人同學老友，都心知肚明了解阿扁面臨的處境，愈來愈艱困；對於陳瑞仁檢察官的調查，一旦證實阿扁國務機要費有僞造文書罪嫌，阿扁恐怕不能不下台，也有了相當程度的心理準備。

L今年不滿三十歲。

比她年長一輪以上，好幾位中產階級人士組成的聯誼性社團成員，他們都是男性，都不否認他們純綠反貪的堅定信仰。但是，「我們要去，要上街頭了。悶久了，總要給那些紅衣人顏色看看！」說這話的，是一位公司老闆。

九一五夜裡，台北街頭亂糟糟，我參加他們的定期晚餐餐敘，好幾人遲到，爲了交通大打結。趕到了餐廳後，我看他們都是怨氣沖天，一方面稱讚欽佩李總統與台聯不倒扁不挺扁的沉穩立場，另一方面，他們說，在情緒上，要拿著台灣國的旗幟，搖給目中無人的所謂紅衫軍瞧瞧。

L和中年男人們內心深處對紅衣人的反感，轉化成了反扁就是反台灣、要走上凱道去大聲愛台灣的動力。他們不反對以法律拉下陳水扁，但是，不是這樣的瞧不起台灣人，囂張無比跳到台灣人頭上的倒扁。

這就是挺扁群眾大會上的民意，單純清正。只不過，主導倒扁的若干人士，無知又傲慢，他們無法理解，更不屑體會。所以，挺扁、倒扁被標幟化，其實是不肖政客利用來爲無能無德做防衛，爲選舉騙選票的民粹。藍營如此，綠營也一樣。

右頁：無信不立。日本前首相小泉純一郎的親筆書法。日本文化機構做成盤子，當紀念品贈送親朋好友。

左頁：李登輝簽字卻不承認的廣告文宣原始署名文件。標題原來的謝字，李登輝總統建議改為民進黨後，他本人簽字並註記下年月日。

挺~~謝~~民進黨—本土萬劫不復？

毋庸置疑，廉能，是從黨外民主運動到民進黨的核心價值，是台灣本土力量不斷壯大的基石，是防守中共併吞台灣的最有效武器！唯有比泛藍陣營多出十倍以上的廉能，本土力量才能帶領台灣走向經濟繁榮均富、政治民主進步、社會公平正義、族群和諧團結的康莊大道，才能贏得泛藍群眾的積極認同，才能剷除統派沃土壤，才能爭取國際社會對台灣國家主權的肯定與承認，才能齊心協力地對抗中共霸權！

然而，謝長廷夠廉能了嗎？高雄捷運弊案滔天，施工品質怵目驚心，蚊子館、蚊子場接二連三地被揭露出來，用水問題幾無改善，就算沒有一毛錢落入謝長廷的口袋，但是，誰能有信心，誰能拍胸脯保証，若謝長廷當選了，不會把高雄市的人禍與恥辱引入台北市呢？屆時，本土形象豈不萬劫不復了？

如果，我們還要繼續支持廉能不及格的謝長廷，就是支持本土路線不需要廉能甚至反廉能的立場，就是支持本土路線的劣幣驅逐良幣，就是加速本土路線失去民心，就無異於幫助泛藍勢力壯大，從而，就把台灣推向被中共併吞之慘境！

給清白誠實的周玉蔻機會，讓廉能出頭，才能讓本土力量更新再造，才能促使民進黨徹底反省改革，捲土重來，以獲得最後的勝利，這樣，才是真正地愛台灣、挺台灣！

選舉勝負是一時的，追求本土路線的成功是永久的！

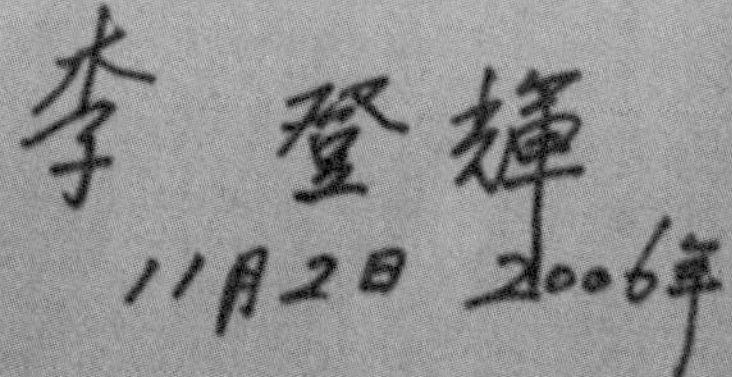
李登輝
11月2日 2006年

INK PUBLISHING Canon 14

總統內戰——李登輝爲何被陳水扁擊敗？

作　　者　周玉蔻
總 編 輯　初安民
責任編輯　陳思妤
美術主編　高汶儀
美術編輯　張薰芳

發 行 人　張書銘
出　　版　INK印刻出版有限公司
台北縣中和市中正路800號13樓之3
電話：02-22281626
傳真：02-22281598
e-mail：ink.book@msa.hinet.net
網　　址　舒讀網http://www.sudu.cc

法律顧問　漢廷法律事務所
劉大正律師
總 代 理　展智文化事業股份有限公司
電話：02-22533362・22535856
傳真：02-22518350
郵政劃撥　19000691 成陽出版股份有限公司
印　　刷　海王印刷事業股份有限公司

出版日期　2007年10月 初版
ISBN 978-986-6873-35-5
定價　260元

國家圖書館出版品預行編目資料

總統內戰：李登輝為何被陳水扁擊敗？／周玉蔻 著.
--初版，--臺北縣中和市：INK印刻，
2007.10 面； 公分--（Canon;14）

ISBN 978-986-6873-35-5（平裝）
1.臺灣政治2.言論集

573.07　　96015254